E-Z DICKENS SUPERHRDINA KNIHA ŠTVRTÁ:

NA ICE

Cathy McGough

Stratford Living Publishing

ČO HOVORIA ČITATELIA

„Po prečítaní tretieho dielu som sa jednoducho musela vrhnúť hneď na tento diel. Bola taká akčná. Páčili sa mi noví ľudia aj jedinečné dary, ktoré priniesli do tímu. Bolo tiež skvelé dozvedieť sa viac o postavách z predchádzajúceho dielu. Rovnako ako pri minulej časti, aj tu bolo veľa šikovných ťahov, ktoré ma rozosmiali. Veľmi sa mi páčila pieseň s fúriami a príbeh so skalami. A ten epilóg ma dostal priamo do kolien."

Obsah

Pre každodenných superhrdinov.

„Nemôžete poraziť človeka, ktorý sa nikdy nevzdáva.“

Babe Ruth

PROLOG

Nasledujúcideň bol školský, ale keďže sa blížil koniec sveta, ani E-Z, ani Lia nemali v úmysle tam ísť.

„Mám veľmi zlý pocit," povedala Lia.

Bol čas raňajok a ona a E-Z boli samy. Sam a Samantha ešte spali, rovnako aj dvojčatá Jack a Jill.

„Aký zlý pocit?" spýtal sa a naberal si do úst ďalšie cereálie.

„Vieš, ako sa mi včera večer zdalo, že som niečo počula?"

„Áno, ale povedala si, že to bol falošný poplach. Že zvuky zmizli a všetko sa vrátilo do normálu."

„Urobilo a neurobilo. Je ťažké to vysvetliť. Počul som, ako ma Rosalie volá, a potom prestala. Už to viac neskúšala, takže som si myslel, že je všetko v poriadku. Ale teraz mám obavy, pretože som sa jej snažila dovolať a nemohla som. Neodpovedala na žiadnu z mojich správ. Myslím, že by sme mali ísť a skontrolovať ju. Len pre istotu. Uľaví sa mi, keď to budem vedieť. Inak dnes nebudem môcť nič urobiť."

„Možno spí? Alebo sa jej vybila batéria v telefóne." Dopil pohár pomarančového džúsu a odstúpil od stola. Uložil riad do umývačky riadu.

„Možno. Ale aj tak by som ju rád videl."

„Poďme ju navštíviť, aby si sa upokojil," povedal a zavolal si taxík. „Dúfam, že nás pustia dnu. Veď nie sme príbuzní."

Prešli cez mesto a na recepcii sa spýtali na Rosalie. „Vy dvaja ste príbuzní?" spýtala sa žena. Obaja povedali, že nie sú. „Posaďte sa, prosím," povedala.

„Vidíte," zašepkala Lia. „Vyzerala zakríknuto. Akoby niečo skrývala."

„Áno, aj ja som to videla. Ale možno si to len predstavujeme, lebo sa bojíme o Rosalie. Jediné, čo môžeme robiť, je čakať a snažiť sa byť zaneprázdnení. Sme tu a nepohneme sa z miesta, kým neuvidíme, že je v poriadku."

O tridsať minút neskôr stále čakali. a s pribúdajúcim časom boli čoraz nepokojnejší.

Lia vstala. „Už nemôžem čakať."

E-Z povedal: „Páni! Počkaj chvíľu.“ Znova si sadla. „Dajme tomu ešte tridsať minút, než sa na nich vrhneme.“

„Čo to znamená, že sa na nich vykašleme?“ Lia sa spýtala.

„Ach, stále zabúdam, že nie si odtiaľto. Znamená to ísť na niečo so všetkými zbraňami. Ako poslednú možnosť. Samozrejme, je to slovný obrat. Aj keď niektorí poštári to vzali doslova.“

„Stavím sa, že keby sme boli dospelí, už by sa nám ozvali. Niekedy nenávidím byť dieťaťom.“

„Má to svoje výhody,“ povedal E-Z. „Skús si zahrať nejakú hru na telefóne alebo si prečítať knihu. Zabije to čas a budú nám viac nápomocní, ak budeme trpezliví.“

„Škoda, že som si nevzal slúchadlá. Mohol som počúvať nové skladby Taylor Swiftovej.“

„Tu máš,“ povedal. „Môžeš si požičať moje.“

Prešlo ďalších tridsať minút a E-Z sa pokojne vrátil k pultu. Lia zostala vzadu a počúvala hudbu. Obzrel sa za ňou. Mala zavreté oči. Ani si nevšimla, že odišiel.

„Hm, nevie sa, kedy môžeme vidieť Rosalie?“ spýtal sa.

„Prepáč, niekto za tebou príde. Vie, že tu na ťa čaká.“ Žena cvakla do klávesnice. Keď sa E-Z nepohol preč, urobila druhý pokus, aby ho povzbudila. „Osobne som hovorila s mojím manažérom. Vyjde von, aby sa s vami porozprávala, len čo to bude možné. Prosím, pripojte sa k svojmu priateľovi.“ Mávla rukou smerom k Lii, ktorá bola zaneprázdnená telefonovaním.

E-Z sa neochotne vrátil k Lii. Pozoroval, ako sa okolo neho premávajú ľudia. Niektorí boli obyvatelia, ktorí tlačili chodítka. Niekoľkí boli na invalidných vozíkoch, ktoré tlačili ošetrovatelia, zatiaľ čo iní si sami brnkali na kolieska. Väčšina obyvateľov sa usmievala jeho smerom, zopár im zamávalo. Rozmýšľal, koľkí z nich prijímajú pravidelné návštevy. Dúfal, že väčšina áno.

Keď sa dvere otvorili a zatvorili, do nosa mu prenikla vôňa obeda a v žalúdku mu zaškvŕkalo. Zaujímalo ho, aké pochúťky si dnes obyvatelia dávajú. Možno rybu s hranolkami. Možno malý koláč a la mode. Prial si, aby zjedol väčšie raňajky, keď mu Lia vrátila slúchadlá.

„Podarilo sa ti niečo urýchliť? Som hladný!“

„Ja tiež a nie celkom. Povedala, že manažérka bude čoskoro u nás, ale nechápem, prečo Rosalie jednoducho nepríde von a nepozrie sa na nás sama. O čo ide?“

„Necítim tu jej prítomnosť," povedala Lia. „Akoby sme boli odpojení. Hudba mi na chvíľu pomohla odvrátiť pozornosť, ale teraz na ňu znova myslím a som hladná. To nie je dobrá kombinácia."

„Rozumiem ti," povedal E-Z, keď k nim pristúpila vysoká žena s identifikačným odznakom generálneho riaditeľa a predstavila sa.

„Volám sa Eleanor Wilkinsonová a som tu generálna manažérka." Podala im ruky. „Pochopila som, že vy dvaja ste priatelia Rosalie. Navštívili ste ju tu už niekedy?"

„Nie, ešte sme tu neboli," povedala Lia. „Ale sme s ňou kamarátky, blízke priateľky. A máme o ňu strach. Neodpovedala na moje esemesky, ani neodpovedala na telefón."

Pani Wilkinsonová povedala: „Je mi ľúto, že vám to musím povedať, ale Rosalie niekedy v noci zomrela. Čakáme na príchod jej najbližších príbuzných. Nebývajú nablízku.

„Ospravedlňujem sa, že som vás nechala tak dlho čakať. Ale potreboval som sa s nimi porozprávať skôr, ako som sa rozprával s vami. Rozumiete. Máme zásady, ktoré musíme dodržiavať."

Lia padla späť na stoličku a rozplakala sa, zatiaľ čo E-Z vzal jej ruku do svojej a niekoľko sekúnd ticho sedeli, kým sa spýtal: „Čo sa jej stalo?"

„Vyšetruje sa to," povedal Wilkinson. „Prepáčte, nemôžem vám povedať nič viac. Pokiaľ nie ste rodina. Je mi ľúto vašej straty."

„Znamenala pre mňa celý svet," povedala Lia.

„Ako ste sa s ňou zoznámili?" Wilkinson sa spýtal. „Bola to skvelá dáma. Všetkými milovaná." ‚Zoznámili sme sa cez kamarátku,' klamala Lia.

„Zaujímavé," povedal Wilkinson, "vzhľadom na váš vekový rozdiel."

„Myslíš preto, že ja som dieťa a ona nie? Teda nebola," spýtala sa Lia nahnevane. Postavila sa na nohy.

„Prepáč, nechcela som ťa rozčúliť. Samozrejme, mnohí obyvatelia by tu radi mali priateľov, s ktorými by sa mohli porozprávať. Najmä deti so záujmom, ako ste vy, ktorým by mohli rozprávať svoje živé príbehy. Aby sa na nich po ich odchode nezabudlo."

„Na Rozáliu budeme vždy spomínať," povedal E-Z.

„Môžeme ju vidieť, rozlúčiť sa s ňou?" Lia sa spýtala.

„Obávam sa, že to neprichádza do úvahy. Máme určité postupy. Ale ak necháte svoje údaje, telefónne číslo na recepcii, môžeme vám zavolať. Aby sme vám oznámili, kedy bude návšteva a pohreb.“

E-Z nechal na recepcii svoje telefónne číslo. Chystali sa nastúpiť do taxíka, keď si spomenul na knihu.

„Počkajte tu,“ povedal. „Hneď sa vrátim.“

Pristúpil k recepcii.

„Je mi ľúto, ale nemôžeme sa zmieriť so smrťou našej priateľky Rosalie. Nie, kým ju neuvidí aspoň jeden z nás. Pani Wilkinsonová povedala, že nemôžeme ísť dovnútra, ale mohol by som len tak vbehnúť do miestnosti? Nezostala by som dlho. Takže môžem povedať kamarátke, že som videla Rosalie, a môžem potvrdiť, že už nie je medzi nami? Toľko toho prežila, keď prišla o oči a tak. Uľahčilo by jej, keby to s istotou vedel niekto, koho pozná a komu dôveruje.“

„Ach, chudinka malá. Chápem ju. Poď so mnou,“ povedala žena. Keď bola na druhej strane stola, požiadala kolegyňu, aby ju zastúpila. „Hneď sa vrátim,“ povedala.

E-Z ju nasledoval hlbšie do srdca sídla pre seniorov. Bolo tam svetlo, nie depresívne, ako počul, že tento typ domovov môže byť, ale veľmi ticho. Pravdepodobne preto, že si všetci vychutnávali obed v jedálni. V žalúdku mu opäť zaškvŕkalo.

„Všetci sú v jedálni," povedala žena, akoby vedela, na čo myslí. „Dnes je deň rýb s hranolkami a na dojedenie červené želé so šľahačkovou polevou. Nesmierne obľúbené jedlo, na ktoré sa chce každý dostať. V ktorýkoľvek iný deň by ťa tam nemohli pustiť, lebo by sa tam motalo priveľa ľudí."

„Určite to dobre vonia," povedal E-Z. „A ďakujem za pomoc, ja, my, si to veľmi vážime."

Zastavila sa a odtiahla dvere.

„Toto je Rosaliina izba. Počkám tu. Máš dve minúty alebo menej, ak ma niekto zbadá."

„Ešte raz ďakujem," povedal E-Z, keď sa za ním zatvorili dvere. V miestnosti bolo cítiť zvláštny zápach, akoby tam horelo ohnisko. Rozhliadol sa po miestnosti a hľadal kamery. Pokiaľ vedel, žiadne tam neboli.

Pod bielou plachtou bol ich priateľ zakrytý od hlavy až po päty. Pristúpil bližšie, bojoval s nutkaním utiecť, ale potreboval to vedieť s istotou, presvedčiť sa, či na vlastné oči. Odhrnul prestieradlo a sledoval, ako padá na zem ako duch.

Okamžite mu do nozdier zaútočil zápach. Ako pri grilovaní. Spálené mäso. A uvidel Rosaliinu ruku visiacu dole, pokrytú popáleninami a pľuzgiermi. Čo sa jej stalo? Kto a prečo jej urobil tú strašnú vec?

Odsunul stoličku a rozhliadol sa po miestnosti, ktorá bola bez škvŕn a bez známok požiaru. Tu sa to nemohlo stať. Ak nie, tak kde? Presunuli ju potom do tejto miestnosti?

Žena pri dverách zaklopala. „Prosím, ponáhľajte sa!" povedala.

Otvoril zásuvku jej nočného stolíka. Bola tam. Kniha, o ktorej im Rosalie povedala. Tá, v ktorej mala zaznamenané informácie o ostatných deťoch.

„Čas vypršal," povedala žena.

E-Z zastrčil knihu za svoj chrbát. Stlačil tlačidlo, aby sa dvere otvorili, a vrátili sa k recepcii.

„Ďakujem," povedal. „Od môjho priateľa a odo mňa. Dali ste nám pokoj. Prosím, dajte nám vedieť, kedy sa bude konať pohreb a návšteva. A ešte jedna vec, všimol som si, že mala, ehm, popáleniny na tele. Boli pri požiari zranení aj iní obyvatelia?"

„Ach jaj," povedala žena. „Ja neviem. O požiari som nič nepočula. Telo som nevidela; myslím tým samotnú Rosalie. Len mi povedali, že zomrela. O podrobnostiach nič neviem."

„To je v poriadku," upokojil ju E-Z. „Nič nepoviem. Vážim si všetko, čo ste urobili. Ďakujem."

„Žiadny požiar sa tu nestal," povedala. „Nespustil sa žiadny alarm, o ktorom by som vedela. Neboli privolané žiadne hasičské autá. Ja." "Ach, bože."

E-Z mávla rukou a odsunula sa od pultu. Žena si stále pre seba niečo bľabotala. Usúdil, že bude najlepšie, ak odtiaľto vypadne.

Vodič pomohol E-Zovi nastúpiť na zadné sedadlo vedľa čakajúcej Lia a potom uložil jeho invalidný vozík do kufra vozidla.

„Trvalo vám to celú večnosť," posťažovala sa Lia. „Čo je to?"

Pokúsila sa chytiť knihu, ale E-Z ju stále držal v ruke. Všimol si, že poplatok na taxametri už bol vyšší, ako mal pri sebe.

„Nedalo sa nič robiť. Prikradol som sa k Rozálii. A schmatol som to. Je to tá kniha, o ktorej nám rozprávala. Pozrieme si ju, keď budeme doma."

„Máš nejaké peniaze?" zašepkal.

Medzi nimi dvoma nemali dosť peňazí na zaplatenie poplatku za taxík.

„Budeš musieť poprosiť mamu alebo strýka Sama, aby nám pomohli," povedal, keď vodič zastavil pri dome.

Šofér pomohol E-Z späť do kresla, zatiaľ čo Lia vbehla dovnútra. Vyšla von s dostatočným množstvom peňazí na zaplatenie cestovného a vodič odišiel.

„Sam mi dal peniaze."

„Pýtal sa, na čo to je?"

„Nie, ale očakávam, že sa opýta."

Vo vnútri sa Sam a Samantha motali okolo kuchyne. Snažili sa narýchlo pripraviť raňajky, zatiaľ čo dvojčatá im serenádovali hladnými výkrikmi.

„Prečo nie ste v škole?" Sam sa spýtala.

„Vysvetlím ti to neskôr. Ehm, môžeme vám pomôcť?"

„Nie, ale ďakujem," povedala Samantha. Začala Jacka kŕmiť.

Sam prikývla a pustila sa do kŕmenia Jill.

E-Z a Lia vošli do jeho izby a zavreli dvere. Alfred si čítal noviny.

„Rosalie je mŕtva," vyhrkla Lia, potom padla na kolená a vzlykala, zatiaľ čo E-Z ju objal a Alfred sa k nej ponáhľal. Všetci traja sa objali a plakali, až kým im nezostali slzy.

„Čo to tam máš?" Alfréd sa spýtal.

„Schmatla som tú knihu."

Lia ju zdvihla, potom sa postavila a držala si ju na hrudi, akoby objímala svoju kamarátku, namiesto toho to všetko videla. Rosalie v Bielej izbe. Fúrie v Bielej izbe s ňou. Horiace knihy. Padajúce police. Oheň všade.

Lia padla na kolená.

„Bola taká odvážna. Taká veľmi odvážna."

„Videla si ten oheň?" Spýtal sa E-Z. „Čo sa stalo?"

„Vedel si o tom požiari?"

Prikývol.

„Prečo si mi to nepovedal?" Odpoveď na otázku už poznala. Chránil ju pred pravdou. „Keď som sa dotkol knihy, videl som to všetko. Rosalie bola v Bielej izbe. A Fúrie tam boli s ňou. Chceli, aby im povedala o nás a o ostatných deťoch. Mučili ju, ale ona sa nevzdala."

„Prečo nám nezavolala?"

„Snažila sa. Nevedela som, že ide o život alebo smrť. Prešlo to, tak som si myslela, že je všetko v poriadku."

„Nie je to tvoja vina," povedal E-Z.

„Zomrela sama, pod policami s knihami, okolo nej horeli knihy. Nezaslúžila si takú smrť. Nikto si nezaslúži takto zomrieť." Vzlykla si do dlaní.

„Chudák Rosalie," povedal. „Mohla ma zavolať. Urobila to už predtým. Prečo ma neprivolala?"

„Pretože by ťa vystavila nebezpečenstvu. Zomrela, keď nás chránila."

„Takže Fúrie sa z nej snažili dostať naše mená a mená ostatných detí a ona sa obetovala, aby nás zachránila? Aby zachovala naše tajomstvo. Aká úžasná žena bola Rosalie. Nikdy na ňu nezabudneme - nikdy," povedal Alfred a bojoval so slzami. „Zaslúži si medailu. Čestnú medailu."

„Počkaj, možno jej zablokovali možnosť zavolať nám?" E-Z povedal.

„Poslala mi síce SOS, ale to už robila aj predtým. Raz to urobila, keď im v domove došiel čaj a ona to chcela ventilovať. Nevedel som, že toto SOS znamená, že jej ide o život."

„To si nemohla vedieť. Nikto z nás to nemohol vedieť. Nemôžeme si to vyčítať." Všetci traja boli ticho. „Počkajte chvíľu, pozrime sa do knihy."

„Je to všetko, čo nám povedala, že to bude. Kompletný zoznam s podrobnosťami o všetkých deťoch, ktoré sú ako my. Vďakabohu, že sa k tomu nedostali Fúrie!"

„Hej, počkaj chvíľu!" E-Z povedal. „Už len myšlienka, že ju mučili, aby zistili informácie o nás a ostatných - znamená, že Fúrie vedia, že všetci existujeme. To znamená, že tie deti sú tam vonku, úplne samé a ani nevedia, čo sa chystá!

„Musíme sa k nim dostať ako prví. Pretože je len otázkou času, kedy - nech už sa o nás dozvedeli akokoľvek, oni - zistia, kde sú."

„Čo ak je to však pasca, aby sme doviedli Fúriu priamo k nim?" Alfred sa spýtal.

„Nemyslím si, že vedia, kde nás majú nájsť, inak by tu boli, nie?" "To nie. E-Z sa spýtal. „Myslím tým, že mali moment prekvapenia. Tým, že zabili Rozáliu, dali si tip na úspech. Dali nám najavo, že niečo vedia… asi aby sa nám dostali do hlavy, lebo my to máme na starosti." "A čo ostatné deti?" Lia sa spýtala. „Ako sa k nim dostaneme bez toho, aby sme si dali tip?"

„Hádam? Reiki?" Ozval sa E-Z. „Ak ma počuješ, potrebujeme tvoj príspevok a tvoju pomoc."

POP.

POP.

„Viete o Rosalie?" spýtal sa.

„Áno, vieme a je to smutný, smutný príbeh, ktorý treba rozprávať." Hadz si krídlami utrela slzy. „Mučili ju tu v Bielej izbe. A keby to nebolo dosť zlé - úplne ju zničili a všetko v nej. Všetky tie krásne, okrídlené knihy - preč. Rosalie, preč. Zmizla." Pre vzlyky už nedokázala hovoriť.

„Tak, tak," povedala Reiki. „A to nie je všetko. Nevieme, čo sa stalo s Rosaliinou dušou."

„Počkajte, jej telo je v posteli v jej izbe na druhom konci mesta v seniorskom dome. Možno je tam jej duša s ňou?" E-Z sa spýtal.

Reiki povedal: „Máte niečo zapečatené, uzavreté, pred vzduchom, pred všetkým? Ak áno, choďte to, prosím, okamžite priniesť - potom sa pôjdeme pozrieť, či je s ňou aj Rozálkina duša. Presvedčíme ju, aby išla do kontajnera - dočasne -, kým nezistíme, kde je jej Lapač duší. Pevne dúfam, že ju tie fúrie nezobrali."

E-Z sa vyrútil do kuchyne, kde sa Sam a Samantha venovali kŕmeniu dvojčiat. „Máme ešte tú veľkú termosku?"

„Áno, je v skrinke nad chladničkou," povedal Sam a potom sa prihovoril synovi.

„Vďaka," povedal E-Z a vrátil sa do svojej izby. „Bude to stačiť?"

Na prenesenie nádoby boli potrební obaja.

„Počkaj!" Alfréd zakričal, práve včas, aby ich stihol zachytiť, kým sa Hadz a Reiki vyrútili von. „Možno vám môžem pomôct? Mám liečivé schopnosti. Vezmite ma so sebou. Nechajte ma to skúsiť. Prosím."

POP

POP

FIZZLE

A všetci traja zmizli a pristáli v Rozáliinej izbe.

„Tam je," povedal Alfréd a vyskočil na posteľ, pričom si dával pozor, aby ju nepošliapal svojimi pavučinovými nohami. Zobákom nadvihol prestieradlo, zatiaľ čo Hadz a Reiki sa vznášali neďaleko.

"Čo bude robit?" Reiki sa spýtala.

„Shhhh," Hadz said.

Alfréd položil zobák na Rozálkino čelo a jedným z krídel sa dotkol jej srdca. Nič sa nestalo.

„Skúsim niečo iné," povedala labuť. Tentoraz sa vznášal nad Rozálkiným telom a čelo mal pritlačené k jej. Opäť nič.

„Vyskúšal si, čo sa dalo," povedal Hadz, "teraz musíme zabezpečiť jej dušu. Vyjdi von, vyjdi von, nech si kdekoľvek."

A práve tak sa k nim Rosaliina duša vzniesla.

„Tu budeš v bezpečí," povedala Reiki, keď dušu nahnali do nádoby a potom veko pevne zavreli.

POP.

POP.

FÍZL.

„Podarilo sa vám jej pomôcť?" Lia sa spýtala, ale podľa pohľadu do Alfrédových očí už poznala odpoveď. „Som si istá, že si sa snažil zo všetkých síl." Objala ho.

„Naozaj sa snažil," povedal Hadz.

„Jej duša je však v bezpečí, tu... nikto by ju nemal otvárať. Musí byť v bezpečí, kým ju Lovec duší nebude pripravený prevziať."

„Možno by si si ju mal nechať pri sebe?" Alfred povedal. „A ďakujem, že som to mohol skúsiť."

V E-Z-ovej izbe Trojka sformulovala plán, ako spojiť ostatné deti. Rozhodli sa, že E-Z pocestuje do Austrálie za Lachiem - známym aj ako Chlapec v krabici. Alfréd bude krídlami cestovať do Japonska, kde si vyzdvihne Haruta, chlapca, ktorý bol opustený v lese. V neposlednom rade by Lia cestovala naprieč USA, aby vyzdvihla Brandy, dievčatko, ktoré sa mohlo vrátiť späť do života.

Ich misie boli jasné - čo budú robiť, keď sa tam dostanú, už nie. Tí druhí boli rôzneho veku, rôznych kultúr, rôznych jazykov. Niektorí by potrebovali povolenie od svojich rodičov a niektorí nie.

„Zaujímalo by ma, čo im Rosalie o nás povedala?" Lia sa spýtala.

„Môžeme sa ich spýtať, keď ich uvidíme," navrhol Alfred.

„Medzitým si musíme zbaliť kufre a naplánovať všetko potrebné. Ja sa tam dostanem na svojom kresle, ale vy dvaja máte na výber. Rozhodnite sa, čo vám najviac vyhovuje, a uveďte svoj plán do života. Verím, že sa rozhodnete správne, a čas beží."

„Som rada, že si to povedal," povedala Lia, „lebo si nie som istá, či tam chcem letieť lietadlom. Napadá mi, že najlepšou možnosťou by mohla byť Malá Dorritka, ale nie som si istá, či sa jej to bude páčiť. Odletí s jedným pasažierom a vráti sa s dvoma."

„Ani ja si nie som istý," povedal Alfred. „Mohol by som tam letieť z vlastnej vôle - ale keďže Haruto je dosť mladý - musel by som ho sprevádzať v lietadle - ibaže by s ním išli aj jeho rodičia. Navyše sa musím obávať nepriaznivého počasia - a je to ďaleko."

„Ako som povedal, vy dvaja sa rozhodnite, čo vám najviac vyhovuje. Alfred, ak sa rozhodnete letieť lietadlom - požiadajte strýka Sama, aby vám vyriešil detaily."

Trojica sa pripravila na to, že všetky deti privedie k sebe. Potom by naplánovali - ako poraziť tie zlé fúrie. Aj keby to mal byť ich posledný plán v živote.

KAPITOLA 1
AUSTRÁLIA

E-Z bol prvým z tímu, ktorý opustil Severnú Ameriku. Lietal po oblohe na svojom invalidnom vozíku a užíval si slobodu, ktorú mu umožňoval otvorený vzduch.

Už len predstava, že by mal v lietadle uložiť svoj invalidný vozík, mu spôsobovala zimomriavky. Čo ak sa stratí? Alebo sa zničí? Nebolo to riziko, ktoré by stálo za to podstúpiť. Vzdal by sa Batman svojho Batmobilu? Nikdy.

Hoci si bol celkom istý, že by sa musel vrátiť lietadlom s Lachie. Nebolo by správne nútiť chlapca, aby letel sám. Možno by preňho urobili výnimku a nechali ho letieť na vozíčku? Stálo by za to opýtať sa. Ten most prekročí, keď sa k nemu dostane. Okrem toho sa mu nechcelo ani MYSLIEŤ na jedlo v lietadle. Vďakabohu, že mal teraz so sebou obedový balíček.

Zahral sa na vybíjanú s mrakmi - a raz či dvakrát nimi rovno prešiel. Musel sa však sústrediť. Koniec koncov, Austrália bola na druhej strane sveta.

Rosaliine poznámky o chlapcovi v škatuli neboli také užitočné, ako dúfal, že budú. O jeho príbehu sa dočítal na internete. Najviac ho zaujalo, že chlapec teraz uprednostňuje zvieratá pred ľuďmi. Po tom všetkom, čím si prešiel, to dávalo zmysel.

Chudák chlapec bol taký zmätený, keď ho našli, že zabudol rozprávať. E-Z vedel, že na svete existuje krutosť, ale toto bolo nevysloviteľné.

E-Z mal veľa otázok, na ktoré dúfal, že nájde odpovede, napríklad kde boli Lachieho rodičia? Kto kŕmil a čistil jeho klietku? Kto ho tam dal? Prečo?

V článku sa písalo, že vyslali reportérov, aby chlapca odfotili a zistili, ako sa mu darí, ale zvieratá ich k sebe nepustili. Dokonca aj keď sa pokúšali použiť teleobjektív. Straky na nich zaútočili a bombardovali ich. Pozrel si niekoľko klipov s útokmi strak - bolo to ako z Hitchcockovho filmu Vtáci. Nakoniec jedna zo strak odletela aj s reportérovým objektívom. Potom nechali chlapca na pokoji.

E-Z dúfal, že sa mu podarí získať chlapcovu dôveru. A že mu budú dôverovať aj jeho zvierací priatelia. Ak nie, jeho cesta by bola zbytočná. No, nie celkom zbytočná, ak by sa s chlapcom stretol a porozprával. Chcel by po tom, ako s ním zaobchádzali, pomáhať iným? To ukáže až čas.

Letel nad Atlantickým oceánom. Touto trasou už letel a práve tu sa prvýkrát stretol s Alfrédom. Telefón vo vrecku mu zavibroval - pozrel naň a bola tam správa od Lii.

„Len som ti chcela dať vedieť, že cestujem s Malou Dorritkou.“

„Rozhodol si sa predsa len neletieť - lietadlom?“

„Malá Dorrit sa objavila a je v mojom programe.“

„To znie ako plán.“ Poslal emoji so zdvihnutým palcom.

„Kde si?“ spýtala sa.

„Práve za Atlantikom. Voda, voda a ešte raz voda.“

Odpojili sa a on zrýchlil tempo, prešiel Afriku, kde zbadal Robben Island - väzenie, v ktorom takmer tridsať rokov držali Nelsona Mandelu.

Krútil mu žalúdok; na sendvič v batohu nemal chuť. V Kapskom Meste teda klesol a dúfal, že si bude môcť kúpiť niečo na jedenie pomocou bankovej karty. Všimol si nápis na podniku, kde predávali „tradičné ryby a hranolky" s britskou vlajkou a kde prijímali bankové karty. Odniesol si pripravené jedlo a vyletel na vrchol Lion's Head. Po skončení konzumácie jedla, ktoré bolo vynikajúce, si urobil selfie a potom pokračoval v ceste.

„Zobuď ma o dve hodiny," povedal svojmu vozíku, ktorý zavibroval a potom zrýchlil. Keď sa opäť zobudil, prekonával Indický oceán. Obrovská populácia hviezd všade okolo neho mu akosi dodávala pocit menšej samoty. Cestoval ďalej a cítil sa víťazoslávne, že už je takmer na mieste, keď na obzore uvidel slnko, ktoré si razilo cestu na oblohu, aby ohlásilo nový deň.

Potom ho uvidel priamo pred sebou - spozoroval pobrežie Austrálie. Vzrušený, že ho uvidí na vlastné oči, nabral rýchlosť a tlačil sa k nemu. Uvedomil si, že je veľmi smädný, siahol do batohu a vytiahol fľašu s vodou, ktorú vypustil. Prázdnu fľašu vložil späť do batohu, aby ju neskôr zlikvidoval, a hoci bol stále poriadne najedený z ryby s hranolkami, ktorú predtým zjedol. Rozhodol sa, že sa pustí do sendviča so šunkou a syrom, ktorý mu pribalil strýko Sam.

Letel nad Západnou Austráliou, teraz cítil teplo, vyzliekol si mikinu a vložil ju do batohu. Pokračoval do vnútrozemia v Severnom teritóriu a rozmýšľal, kde presne má pristáť, keď k nemu priletel drobný vták s perím v odtieňoch modrej farby zvýrazneným čiernym krúžkom okolo krku.

„Nasleduj ma, E-Z," povedala. „Sledovala som ťa."

„Ehm, čo si zač?" spýtal sa.

„Som víla vrana," povedala. „Poď, on čaká."

Sprevádzala ich skupina bzučiakov.

„Neboj sa," povedala víla vrana. „Sú to naši sprievodcovia."

Pozoroval jedinečnú podobu, v ktorej sa pohybovali biele pruhy čiernoprsých kaňúrov. Počul o poézii v pohybe, teraz presne vedel, čo toto slovné spojenie znamená.

Potom zbadal chlapca. Bol pod nimi a mával im. E-Z zamával späť. Okrem toho, že sedel na chrbte výnimočne veľkého vtáka, vyzeral ako každé iné dieťa.

„Vitaj v Austrálii," povedal. „Čoskoro sa zotmie, tak ma nasleduj. A mimochodom, môžeš mi hovoriť Lachie."

„Rád ťa spoznávam, Lachie! Už sa neviem dočkať, kedy uvidím viac z vašej rozprávkovej krajiny. Škoda len, že tu nemôžem zostať dlhšie."

„Toto sú Savanna Woodlands," povedal chlapec. „Zhlboka sa nadýchnite a všimnete si vôňu eukalyptu."

„Áno, vonia to nádherne," povedal E-Z.

Cestovali ďalej, cez kamenistú krajinu, cez lužné lesy a bilbongy. Nakoniec dorazili do cieľa svojej cesty v The Outliers.

„Tu bývam," povedal chlapec. „Národný park Kakadu je najväčší austrálsky suchozemský národný park s rozlohou viac ako 20 000 štvorcových kilometrov. Žijem tu spolu s rastlinami a zvieratami." Na hlave mu pristál rozprávkový veniec. „Aha, zase si unavený," povedal chlapec s úsmevom. Potom na E-Z: „Často potrebuje odvoz."

Keď dorazili na miesto, ktoré pripomínalo táborisko, chlapec povedal: „Vitajte v mojom domove."

„Ďakujem," povedal E-Z. „Určite by sa mi hodila sprcha alebo kúpeľ a musím sa vyčúrať."

„Vyhlíbil som si lavór, tam za tým stromom. Budeš v dostatočnom bezpečí. Potom ti ukážem, kde je vodopád, aby si sa mohol umyť."

„Vodopád, čo? Sú tam nejaké krokodíly?"

„Sú tam krokodíly... ale zvykli si, že používam vodopád. Ak chceš, pôjdem s tebou na prvý raz?"

„Nie, mám krídla a moja stolička tiež. Odletíme, ak budeme počuť nejaké silné špliechanie!"

„Goodo," povedal najmladší. „Len sa vznášaj v padajúcej vode - nepristávaj - a malo by sa ti dariť. Ja zatiaľ nazbieram nejaké jedlo na večeru. Ak budeš potrebovať pomoc, stačí zakričať a ja pribehnem."

Keď sa blížil k vodopádu, všimol si značky - a bolo ich veľa s nápismi NEBEZPEČENSTVO a VAROVANIE. Jedna z nich hovorila, že sa tu pohybujú slané aj sladkovodné krokodíly. Fuj.

„Nahor, na vrchol!" nasmeroval svoju stoličku. Vošiel rovno do vody, tvárou napred, a sedel tam a vychutnával si, ako sa prepadáva cez neho a okolo neho. Spočiatku bola studená, ale keď si na ňu zvykol, bolo mu dobre.

Keď sa rozhliadol okolo seba, pomyslel na emu, na ktorom ho stretol chlapec. Zdalo sa mu zvláštne, že vták jeho veľkosti - s tými obrovskými krídlami - nedokáže lietať. Na internete si prečítal o vtákoch, ktoré nemohli lietať. Bol prekvapený, keď na zozname videl kivi spolu s emu, pštrosmi, tučniakmi, kasuármi a rehami. Na internete sa dočítal, že DNA ratitov sa zmenila, takže teraz nemôžu lietať. Cítil sa trochu previinilo, že on, chlapec, môže lietať, keď tie krásne vtáky nemôžu.

Keď bol čistý a v novom oblečení, vrátil sa k chlapcovi, ktorý usilovne pripravoval ich jedlo.

„Toto je slivka z dvojzubca."

E-Z si odhryzol. Chutila úžasne.

„Toto je červené kríkové jablko a toto sú čierne ríbezle."

E-Z zjedol všetko a veľmi mu to chutilo.

„Tak to bol náš dezert, musím pripraviť hlavné jedlo." Chlapec kopal a kopal, potom prišiel k hrncu, ktorý bol príliš horúci na to, aby ho zvládol. Keď palicou odstránil pokrievku, vôňa toho, čo uvaril, E-Zovi rozvoniavala v ústach.

„Toto sú mušle," povedal chlapec a položil si ich na list.

„Sú naozaj dobré. Nikdy predtým som slávky neochutnal."

Slnko už klesalo z oblohy. „Je čas ísť spať," povedal chlapec.

„Ešte raz ďakujem, že som sa cítil tak vítaný." E-Z zívol. Dovtedy si neuvedomil, ako dlho je už hore.

„Budeš spať tam hore," ukázal na strom, v ktorom bol domček na strome a dole viedol povrazový rebrík.

„Môžeš vyletieť hore a zabrzdiť sa, aby si sa v spánku nepohyboval. Moja izba je tam," ukázal na ďalší strom, ku ktorému viedlo lano a na vrchole ktorého bol domček na strome.

„Teraz spi," povedal Lachie. „Ráno všetko vyriešime.

KAPITOLA 2
JAPAN

Alfredamohol vysadiť E-Z na ceste do Austrálie. Namiesto toho sa rozhodol letieť tradičným ľudským spôsobom - lietadlom.

Sam musel trochu vyjednávať, aby presvedčil leteckú spoločnosť, aby labuti trubačovi poskytla sedadlo. A už vôbec nie v prvej triede. Sam využil svoje kontakty v práci, aby Alfredovi pomohol cestovať vo veľkom štýle.

V kabíne so slúchadlami a motýlikom pre šťastie sa Alfred cítil ako doma. Bol uvoľnený a palubný sprievodca bol pozorný. Napriek tomu sa nevedel dočkať príletu do Japonska. A na stretnutie s chlapcom menom Haruto.

Alfred mal neďaleko uložený svoj batoh a v ňom niekoľko pochutín. Počkal, kým bude naozaj hladný, a až potom sa pustil do vrecúška s divokou ryžou a divokým zelerom. Spolu s jedlom mal aj záložnú batériu do telefónu a Samovu kreditnú kartu so súhlasným listom, aby ju mohol používať.

Kým sa pozeral z okna, ako okolo neho letia mraky, myslel na Haruta. Podľa Rosaliiných poznámok bol oveľa mladší ako ostatné deti. A nemala ani tušenie, aké má schopnosti - za predpokladu, že ich má.

Alfrédov plán bol vysvetliť všetko najprv Harutovým rodičom a dúfať, že ich privedie na správnu cestu. Potom, keď potvrdí svoju oblasť pôsobnosti, t. j. aké má schopnosti, poľahky prejsť k podrobnejším informáciám o tom, ako by Haruto mohol pomôcť.

Najťažšie by bolo presvedčiť ich, aby dovolili svojmu mladému synovi vycestovať do zahraničia. Zaplatiť nebol problém - Sam povedal, že by na to mal použiť svoju kreditnú kartu. Ale presvedčiť ich, aby súhlasili s tým, že ich dieťa odvezie labuť do Severnej Ameriky, to by teraz chcelo trochu presviedčania.

Oprel sa do sedadla a to sa sklopilo.

„Dáte si niečo?" spýtala sa pekná sprievodkyňa.

Bolo dobré, že mu teraz ľudia rozumeli. Veľmi mu to uľahčilo život, keďže nepotreboval prekladateľa.

„Šálka čaju by mi padla vhod," povedal Alfréd. „V miske," dodal. „Je ťažké dostať tento zobák do šálky."

Obsluha sa usmiala. O chvíľu sa vrátila s miskou, čajovým vrecúškom, cukrom, mliekom a ďalšou miskou s chladnejšou vodou. „Pre prípad, že by bol čaj príliš horúci," povedala.

„Vskutku veľmi pozorné," povedal Alfréd.

Nechal čaj vychladnúť a ďalej sa díval von oknom. Bolo také príjemné môcť si sadnúť a vychutnávať si výhľad. Bez toho, aby sa musel obávať veľkých nárazov vetra, snehu, dažďa alebo dravcov.

Nakoniec vypil čaj s trochou mlieka a cukru a potom si dal dávku.

Zobudil sa na hlásenie, že obsluha pripravuje cestujúcich na pristátie. Celý let prespal!

Cez okno mal výhľad na celé letisko Haneda. Okolo neho videl veľa a veľa čerstvej trávy, ktorú mohol zjesť. Trochu ochutnal a ryžu so zelerom si nechal na neskôr.

Ešte ďalej sa črtal obrys najvyššej hory Japonska - hory Fudži. Sam mal pravdu, sedieť na ľavej strane lietadla bolo najlepšie miesto, odkiaľ bolo vidieť to, čomu sa hovorilo srdce Japonska.

„Vedeli ste, že na piatom poschodí je vyhliadková plošina? Odtiaľ by ste mohli mať lepší výhľad na horu Fudži," povedala letuška Alfredovi.

„Škoda, že nemám viac času, ale ďakujem. Možno cestou späť."

Sprievodcovia mu dovolili vystúpiť z lietadla ako prvému. Postavili sa do radu, aby sa s ním rozlúčili, akoby bol rocková hviezda.

Keďže Alfred mal len príručnú tašku a labute nemajú nárok na pas, vydal sa z letiska hľadať taxík.

Pred cestou si na internete vyhľadal informácie o tom, ako si v Japonsku prenajať taxík. Informácie hovorili, že má hľadať červenú nálepku v pravom dolnom rohu predného skla taxíka. Táto červená nálepka potvrdzovala, že taxík je možné prenajať.

Keď našiel jeden s touto nálepkou, bol veľmi šťastný. Priletel k otvorenému oknu a zobákom dal vodičovi lístok. Na lístku bolo uvedené, kam potrebuje ísť. Vodič bol milý a nevadilo mu, že prepravuje labutieho pasažiera. Stlačil tlačidlo na volante, ktoré otvorilo zadné dvere, takže Alfréd mohol nastúpiť. Vodič zavrel dvere a vyrazili.

Haruto a jeho rodina žili v druhom najväčšom japonskom meste Jokohama. Hoci sa snažil vnímať pamiatky vrátane panorámy mesta, jediné, na čo dokázal myslieť, bolo, ako presvedčí Haruta a jeho rodinu, aby sa zapojili do ich boja proti Fúriám.

Telefón v jeho batohu zavibroval. Siahol dovnútra; bola to správa od E-Z.

„Teraz je u Lachieho. Ako sa ti darí v Japonsku?"

Písal zobákom, čo sa naučil sám, keď cestoval do Japonska sám. Aj on bol rýchly a nerobil veľa preklepov.

„Už som skoro v Jokohame, v taxíku. Dúfam, že čoskoro dorazíme do Harutovho domu."

E-Z mu poslal emotikon s palcom hore.

Alfredov syn rád staval robotov Gundam. V Jokohame sa staval obrovský robot. Keď ho dokončia, bude vysoký 59 stôp, zistil, keď si o ňom čítal na internete. Jeho syn by rád navštívil Japonsko, aby ho videl. Odkedy zomreli, Alfred sa snažil na nich nemyslieť, pretože ho to zarmucovalo. Dnes, tu v Japonsku, sa však rozhodol, že si pozrie všetko, čo sa dá, akoby tam jeho rodina bola s ním po jeho boku. Život bol príliš krátky, dokonca aj ako labuť, aby bol stále smutný.

Vodič zastavil pred záhradným domčekom so schodmi s kvetmi po oboch stranách zábradlia. Vodič otvoril dvere a Alfréd vystúpil. Vyšiel po niekoľkých schodoch, zastavil sa a občerstvil sa trávou, ktorej bolo po oboch stranách schodiska dostatok. Vzduch bol chladný a voňavý a súkromná záhrada pred domom bola nádherná. Takmer na vrchole si všimol, že predná časť obklopujúca dom je veľmi príťažlivá, naľavo pri vchode bol vodný prvok so sovou. Samotný dom mal však všetky žalúzie stiahnuté, akoby nikto nebol doma. Určite dúfal, že ho tam niekto privíta. Mal chuť na občerstvenie a malý oddych.

Zobákom zaklopal na dvere. Hlas vychádzal zo skrinky blízko stredu dverí, ku ktorej sa nemohol dostať bez toho, aby nevzlietol - čo aj urobil.

„Volám sa Alfréd," povedal.

Dvere sa otvorili a staršia žena ho posunula dovnútra. Nasledoval ju a premýšľal, či niekto z tímu kontaktoval rodinu, aby sa pred jeho príchodom predstavili.

Pokračoval za ňou, pretože zvuk jeho pavučinových nôh šľapajúcich po drevenej podlahe bol jediným zvukom, ktorý počul. Interiér domu bol plný dreva - a vzduch napĺňali voňavé orchidey. Staršia žena ho zaviedla do obývacej časti, ktorá bola plná nábytku, väčšinou koženého. Žalúzie v zadnej časti domu boli roztiahnuté - naskytol sa mu pohľad na plyšovú zeleň v zadnej záhrade. Ukázala smerom ku kreslu a on sa posunul, aby si doň sadol.

Práve si urobil pohodlie, keď sa žena vrátila do miestnosti s podnosom plným horúceho čaju a niekoľkých koláčikov. Bolo to, akoby ho čakala - buď to, alebo varenie v Japonsku trvá oveľa kratšie.

Za ňou stál malý chlapec, ktorý sa držal jej nohy a schovával sa za ňou. Chlapec mal správny vek na to, aby bol Haruto, ale keď čítala, že Japonca by človek nemal oslovovať krstným menom bez dovolenia. Chlapec sa sem-tam pozrel na Alfréda a potom sa opäť schoval. Vyzeral, že má najviac štyri alebo päť rokov, a na sebe mal tričko Optimus Prime, krátke nohavice a na nohách papuče.

„Páči sa ti Optimus Prime?" Alfréd sa spýtal.

Chlapec sa usmial a potom sa vrátil do svojho úkrytu.

Žena ho odstrčila, aby mohla podávať čaj.

Alfréd mal v telefóne nastavený prekladač. Na displeji si prečítal slová na privítanie a povedal: „Kon'nichiwa." Ospravedlnil sa za svoju zlú výslovnosť.

„Je to Brit," povedal chlapec, a keď to urobil, staršia žena zahučala.

Alfreda prekvapilo, ako dobre tento mladý chlapec hovorí po anglicky. „Aha, ty hovoríš po anglicky. A áno, ja som. Ste šikovný, že ste si všimli môj prízvuk."

Chlapec sa tentoraz pozrel na ženu skôr, ako prehovoril. Tá prikývla.

„Otec a matka sú v práci," povedal. „Toto je moja Sobo" (čo v preklade znamená babička) "a moje meno je Haruto."

„Dobrý deň," povedala žena tiež po anglicky. „Mal by si sa vrátiť, neskôr."

„Volám sa Alfred. Môžem volať tvoj Haruto?" Chlapec prikývol a potom na ženu: "Ako ťa mám volať?"

„Sobo," povedala, "všetci ma volajú Sobo, keďže som Harutova babička, som babička všetkých. On je rád, že sa o mňa môže podeliť."

Alfréd prikývol: „Som veľmi rád, že vás oboch spoznávam."

„Poslala ťa Rozália?" spýtal sa chlapec.

„Pamätáš si na Rozáliu?" ,Áno,' povedal Alfréd. Alfréd sa spýtal. Bol nadmieru spokojný, že majú toto spojenie - hoci vedieť vopred, že Haruto vie po anglicky, mu mohlo ušetriť trochu starostí. Napriek tomu sa rozhodol poslúchnuť ženinu radu a vstal, aby odišiel.

„Môj otec pracuje neďaleko," povedal Haruto.

„Musím si nájsť miesto, kde sa môžem ubytovať. Môžete mi odporučiť nejaké miesto v okolí?"

Harutova babička dala Alfredovi adresu s pokynmi, ako sa tam dostať pešo.

„Zavolám nášmu priateľovi, ktorý spravuje hotel. Pomôže ti ubytovať sa a neskôr sa môžeš pripojiť k môjmu synovi v kaviarni."

„Ďakujem," povedal Alfred.

Prechádzka do hotela bola krátka a on si užíval čerstvý vzduch. Dokonca ochutnal japonskú trávu, ktorá chutila celkom dobre, a dal si aj niekoľko dúškov z fontány.

Izba bola malá, ale mal v nej všetko, čo potreboval, a bola výnimočne čistá a dobre vybavená. Na jeho nočnom stolíku stála lampa s podstavcom v tvare sovy. Cvakal ňou a zhasínal, pričom si všimol, ako sa jej rozžiarili oči. Osprchoval sa, prezliekol sa do iného motýlika a potom sa vybral do kaviarne, kde sa mal stretnúť s Harutovým otcom.

Mobil mu zazvonil; bola to opäť správa od E-Z.

„Ako je v Japonsku?"

„Pekne," odvetil a na písanie použil zobák. „Stretol som sa s Harutom a jeho babičkou. Hovoria po anglicky. Je veľmi plachý, ale poznal Rosalie. Bol nápadne mladý - možno štyri alebo päť rokov. Možno bude ťažké presvedčiť jeho rodinu, aby mu dovolila prísť do Severnej Ameriky."

„Rosalie vedela, že má schopnosti - ale áno, je to mladší, ako som si myslel," povedal E-Z. „Je dobré, že hovorí po anglicky. Kde ste teraz?"

„Idem do kaviarne, kde sa stretnem s Harutovým otcom. Mimochodom, myslím, že Rosalie nemala čas aktualizovať alebo doplniť svoje poznámky o Harutovi. Hovorila o ňom ako o dieťati."

„Nie som si istá, nakoľko by sme mali byť v tomto štádiu znepokojení, ale čítala som na internete - písalo sa tam, že Fúrie môžu na seba vziať akúkoľvek podobu. Len sa delím o túto informáciu. Keďže ich nemôžeme spoznať, ak sa o nás dozvedia, budeme musieť byť opatrní."

Alfréd poslal emotikon s palcom hore.

„Musím už ísť," povedal E-Z.

KAPITOLA 3
ZLÉ SNY

E-Z spala a bdie. To znamená, že videl strop nad svojou posteľou, cítil matrac, ktorý mu podopieral chrbát. A predsa mu v hlave vrieskali tri bánše:

„Povedz nám, kde si!"

„Povedz nám to!"

„Povedz nám to HNEĎ!"

"Noooooooooooooo!" he screamed.

Potom sa nad jeho hlavou na strope objavilo zrkadlo. Ale osoba, ktorá sa v ňom odrážala, nebol on sám. Namiesto toho to bol jeho strýko Sam. A v odraze jeho strýko Sam kričal a zvíjal sa od bolesti.

„Strýko Sam je v našom brlohu!" vykríkla prvá čarodejnica.

„A už sa nikdy nedostane von!" ostatné dve sa jednohlasne zakričali.

Potom všetky tri prepukli v akýsi smiech, aký ešte nikdy nepočul. Zvuky boli podobné hyenistickým, hrdelným, zvieracím.

„Hovorte!" žiadali zlé čarodejnice a strkali do strýka Sama a štuchali doňho, akoby bol plát mäsa pripravovaný pred pečením.

„E-Z," povedal strýko Sam a hlas sa mu triasol, akoby sa jeho telo odrážalo. „Nech chcú čokoľvek, nedávajte im to. Bez ohľadu na to, čo mi urobia, nepoddaj sa."

„Ak mu ublížiš," povedal E-Z, "ja, ja..."

„Povedz nám, kde si, kde sú všetci, a my ho pustíme," spievali spolu hlasom, ktorý by sa nezdal byť nevhodný ani v Háde.

„Potrebujeme len stopu, alebo dve," povedal ten druhý.

„Doplň nám, kto je kto," povedal prvý.

„Alebo sa zbavíme vy viete koho," povedal tretí.

Potom sa rozosmiali. Ich hlasy v jeho hlave, až to bolelo. Ale jemu sa to len zdalo. Musel sa zobudiť - TERAZ.

„Ahhhhhhhhhhhhhhhhhhhhhhhhhhhhhhhh!" Strýko Sam vykríkol.

Ďalší smiech.

E-Z sa prebudil a rýchlo si uvedomil, že je v Austrálii s Lachie, nie doma vo vlastnej posteli. Skontroloval si telefón, ale mal len jednu čiarku. Kontroloval ďalej, kým nemal dosť čiarok na to, aby zavolal strýkovi Samovi. Aby sa uistil, že je v poriadku. Že to bola len nočná mora a nič viac.

Pod domčekom na strome počul, ako sa Lachie pohybuje. Pravdepodobne pripravoval raňajky. Bolo dobré vidieť, ako ten mladík žije. Ako sa po všetkom, čím si prešiel, dal opäť dokopy. Ľudia boli celkom pozoruhodní.

Nech už Lachie varil čokoľvek, voňalo to dobre a jeho prvou chuťou bolo zaletieť k nemu a povedať mu o svojej nočnej more. Ale čosi vzadu v mysli mu hovorilo, aby si to nechal pre seba - zatiaľ. Koniec koncov Fúrie nemohli vedieť, kde žije. Kde žili oni všetci. Znova skontroloval čiarky na svojom telefóne - tentoraz ani jednu. Strčil si ho do vrecka a letel dole.

„Dobre si sa vyspal?" Lachie sa spýtal a z hrnca stojaceho nad ohňom si lyžicou nalil tekutinu do misky.

E-Z ju prijal. „Mal som čudný sen, ale inak áno. Je to tam hore pekné. Ďakujem, že ste boli takí ústretoví."

„Bez obáv. Je tu veľa duchov. A pre teba neznáme zvuky. Ak sa chceš porozprávať o tom sne, pokojne," povedal Lachie.

„Možno neskôr."

„Dobre, tak sa do toho pustite. Dúfam, že ti huby chutia."

„Milujem ich," povedal E-Z a naberal si do úst veľké množstvo horúcej parenej polievky. „Je veľmi dobrá."

„Počkaj chvíľu, zabudol som na tlmič - to je chlieb." Otvoril hliníkovú fóliu, ktorá bola uprostred ohniska, roztrhol ju na štvrtiny a dal E-Zovi prvú časť.

„Toto je najlepší chlieb, aký som kedy ochutnal! Ako si sa naučil takto variť?"

„Naučili ma to nejakí miestni. Som rád, že ti chutí."

Sedeli ticho, pretože sa na nich usmievalo slnko vysoko na oblohe. E-Z sa snažil nemyslieť na svoju nočnú moru. Vytiahol z vrecka telefón a znova skontroloval ciferníky. Len sotva jeden. Miloval technológiu - keď fungovala.

„Teraz, keď máš plné brucho, poďme sa porozprávať o tom, prečo si tu," povedal Lachie. „Predovšetkým o tom, ako môžem byť nápomocný."

E-Z neprehovoril, namiesto toho sa s nádejou v srdci opäť pozrel na svoj telefón. Zdalo sa, že Lachieho to netrápi, pretože odtrhával ďalší kus tlmiča. Nakoniec sa spamätal a sústredil pozornosť na danú vec.

„Prepáč, myšlienkami som bol milión kilometrov ďaleko."

„To nie je problém. Chceš ešte tlmič?"

„Nie, som v pohode. Takže by som najprv rád vedel, čo ti Rosalie povedala o nás troch. Teda o Alfredovi, Lii a mne."

„Áno, povedala mi všetko o vás troch. Bolo to, akoby tu bola priamo so mnou a rozprávala mi rozprávku na dobrú noc. Čím viac toho povedala, tým viac som sa s vami chcel stretnúť, pomôcť vám."

„Som rád, že chceš pomôcť. Dovoľte mi však, aby som vás najprv oboznámil s podrobnosťami, než sa zaviažete. Nebude to ľahká cesta pre nikoho z nás."

„Nebojím sa výziev," povedal Lachie. „Čo ti o mne povedala Rosalie?"

„Aby som bol úprimný, veľa mi toho nepovedala, ale čítal som o tebe na internete. Zistil si niekedy, čo sa stalo tvojim rodičom?"

„Nie a ani to nechcem. Som tu šťastná, sebestačná. Nikoho nepotrebujem."

„Každý potrebuje priateľov," povedal E-Z.

„Možno."

„Rozprávala ti Rosalie o Fúriách?"

„Nie, ale povedala, že ma jedného dňa zavoláš, keď budeš potrebovať moju pomoc v boji proti zlu. A spomenula Fúrie - o ktorých som už počul."

„Naozaj? Čo si počul?" E-Z sa spýtal.

„Domorodci, od ktorých sa zakaždým, keď som s nimi, dozviem niečo nové, vedia o Fúriách všetko. Zamerali sa na pôvodných obyvateľov, snažia sa ich potrestať a vytlačiť z ich územia."

„To nie je možné." Lachie sa postavil, nalial na oheň trochu vody a uistil sa, že úplne vyhasol.

„Ja napríklad verím, že zlo musí existovať, aby dobro prežilo - ale musí existovať nejaký kódex - a oni sa kódexom neriadia. Všetko, čo robia, robia len pre vlastnú sebazáchovu, a to nie je spôsob, ako žiť."

„To sú múdre slová, na dieťa v tvojom veku," povedal E-Z. Po ich vyslovení sa cítil trochu trápne, akoby sa príliš snažil byť múdry, keď bol starší z nich dvoch. „Myslím, že máš asi sedem alebo osem rokov, nemám pravdu?"

„Myslím, že áno, ale čo sa týka môjho skutočného veku, nie som si istý. Keď ma našli, nenašli žiadnu dokumentáciu, ktorá by to dokazovala. Hádam až sa mi začne meniť hlas, budem mať lepšiu predstavu." Zasmial sa.

„Zatiaľ si môžeš vybrať svoj vek," navrhol E-Z.

„Tak ako som si sám vybral svoje meno," povedal Lachie. „Každopádne, čokoľvek budeš potrebovať, idem do toho."

„To, čo sa deje s Fúriami, je, že používajú internet. Vieš o internete, áno?"

„Viem. V knižnici majú wi-fi. Rád čítam. Mytológia je celkom fajn. Aj sci-fi."

„Fúrie využívajú online hry pre viacerých hráčov, aby chytili deti do pasce. Väčšina detí hrá hry, vrátane mňa," povedal E-Z.

„Hry sú žrútom času," povedal Lachie. „To ma učili domorodí učitelia. Život je príliš krátky na to, aby sme ho premárnili bezúčelnými rozptýleniami."

„Každý však miluje hry," povedal E-Z. „Mohol by som vám uviesť celosvetové čísla, ale hlavné je, že Fúrie tento fenomén využívajú. Akoby im každé dieťa, ktoré sa hrá, umožnilo prístup do svojich sŕdc a myslí."

„Ako to?"

„Aby si v rámci hry zvýšil úroveň, musíš splniť zoznam úloh. Je to jediný spôsob, ako sa v hre posunúť vpred. Ak by si nesplnil, čo sa od teba žiada, nemalo by zmysel hrať hru. A pritom to, čo sa od vás žiada, je v skutočnom živote mnohokrát v rozpore so zákonom."

„Proti zákonu! Ako čo?" Lachie sa spýtal.

„Napríklad zabíjanie."

Lachie pokrútil hlavou.

„Je to hra, takže robíš, čo musíš, aby si sa dostal na ďalšiu úroveň."

„Dobre, myslím, že to chápem. Mandátom Fúrie bolo potrestať tých, ktorí spáchali zločiny a zostali nepotrestaní. Oni tento mandát prekrúcajú, aby ublížili deťom, ktoré hrajú vymyslenú hru."

„Presne tak, Lachie. Presne tak. A keď deti zomrú, ukradnú im duše."

„Načo?"

„Počul si niekedy o Lovcoch duší?" "Áno, počul.

„Nie," povedal Lachie.

„Keď zomrieš, tvoja duša má miesto večného odpočinku. Volá sa to Lapač duší. Ale tieto deti nemajú zomrieť, keď si ich Fúrie vezmú, takže na ne žiaden Lapač duší nečaká."

„Odkiaľ to všetko vieš?" Lachie sa spýtal.

„Archanjeli mi to nielen povedali, ale aj ukázali. Niekoľkokrát som bol v Lapači duší. Privolali ma tam. Ani som nevedel, ako sa to volá, kým sa to všetko neobjavilo. Nie je to niečo, čím by sa ľudia mali zaoberať. Väčšina si myslí, že ideme do neba alebo do pekla."

„Ak bol tvoj chytač duší pripravený a ty si ešte len dieťa, prečo nie sú pripravení tí ich?"

„Dobrá otázka. Taká, nad ktorou som predtým nepremýšľal. Asi som predpokladal, že som výnimočná okolnosť," povedal E-Z. „Ale viem, že archanjeli niečo pokazili. Niečo, o čom nechcú hovoriť. Možno práve preto potrebujú našu pomoc, aby to napravili."

„Ako to však robia? Tomu nerozumiem."

„Ohli pravidlá v nádeji, že ovládnu všetkých Lovcov duší. Keď zomrieme, naše duše majú ísť do jedného, ktorý na nás čaká po smrti. Nemali by byť prenosné. Ak ovládnu všetky, potom každá duša nebude mať kam ísť. Posmrtný život to uvrhne do chaosu. Takže teraz, keď ste si všetko vypočuli - ste stále za?"

„Áno, určite. Okrem toho tu nie je nič lepšie na práci. Malo by to byť zaujímavé dobrodružstvo."

„Aby som bol stopercentne úprimný," povedal E-Z, "nebude to ľahké. A budeš riskovať svoj život spolu s nami ostatnými. Ale budeme si navzájom kryť chrbát.

„Vyhráme!"

„V to dúfam, ale najprv musíme vymyslieť, ako sa tam dostaneme. Strýko Sam má pre nás pripravené nejaké letenky. Musíme si ich vyzdvihnúť na najbližšom medzinárodnom letisku. Rezervoval ich."

„To nie je potrebné!" Lachie povedal. „Mám vlastnú dopravu." Vložil si dva prsty do úst a zapískal.

Niekoľko minút sa nič nedialo.

„R---R---R---RRRRRRRRRRRRRRRR.""Čo to bolo?" E-Z sa spýtal.

Lachie stál veľmi nehybne, keď sa stromy posunuli a šepotom sa pohli.

Vzápätí E-Z počul mávanie krídel. Podľa zvuku malo to, čo prichádzalo, obrovské krídla.

Potom sa tvor predral cez lístie stromov. Nebolo by to nevhodné do žiadneho z filmov o Harrym Potterovi.

„Je to drak?" E-Z sa spýtal.

„Je to Aussiedraco," povedal Lachie. „Známy aj ako pterosaurus, takže je miestny." Drakovi povedal: „G'day, kamarát," a odišiel ho pozdraviť. Obrovský šupinatý tvor sklonil hlavu. Lachie ho pohladil a potom mu vyskočil na chrbát.

„Poď, E-Z, na čo čakáš?"

„Ehm, mám svoj vlastný dopravný prostriedok."

Lachie zaklonil hlavu a zasmial sa.

„HAR-HAR-R-R-R!"

Tvor sa pridal.

„Volá sa Baby," povedal Lachie. „Naskoč, lebo Baby ťa chce vziať na výlet, a čo Baby chce, to Baby dostane."

„Ale moja stolička!"

Baby natiahol svoj dlhý krk, zdvihol E-Z. Bez stoličky si ho hodil na chrbát. E-Z sa chytil Lachieho, keď Baby vyskočil do vzduchu.

„Pozor na stromy!" E-Z zakričal.

Lachie a Baby sa rozosmiali.

Vzlietli, ponad kilometre a kilometre červeného piesku.

Čoskoro sa E-Z prestala báť.

Preleteli ponad niekoľko skalných útvarov, z ktorých jeden vyzeral ako ležiaci Homer Simpson. Potom uvideli Uluru, obrovský červený monolit.

Celý deň strávili letom naprieč Austráliou a kochali sa pamiatkami.

„Radšej sa vráťme," povedal Lachie. „Potrebujeme sa dobre vyspať, kým sa vydáme do Severnej Ameriky a stretneme sa so zvyškom tímu."

„To znie ako plán," povedal E-Z, teraz si jazdu užíval čoraz viac a želal si, aby sa nikdy neskončila. Nespadol by, mal krídla, keby ich potreboval - ale jedno vedel určite, lietanie na Baby je život.

Len ho zaujímalo, kde ju bude mať, keď sa opäť vrátia domov. Drak bol príliš veľký na to, aby sa zmestil do garáže. Tento problém zvládne, keď prejde cez tento most. Možno keby sa s Malou Dorrit spriatelili, mohli by spolu spať?

„O mňa sa neboj," povedala Baby.

E-Z urobil dvojitý záber.

„Ehm, áno, dokážem čítať myšlienky. Nie vždy a nie každému," povedal Baby. „Svoje spanie si vyriešim sama. A čo sa týka Malej Dorrit, nuž, jednorožce a draci si zvyčajne nerozumejú - ale bola by som ochotná to skúsiť."

Baby ich vysadila a odletela do noci.

E-Z si spomenul na strýčka Sama, ale bol príliš unavený, aby s tým niečo urobil. Zavolá mu ráno. Samozrejme, všetko by bolo v poriadku.

KAPITOLA 4
AUSTRÁLIA ODCHOD

Nasledujúce ráno, keď sa E-Z a Lachie pripravovali na cestu, rozprávali sa a lepšie sa spoznali.

„Musím si dobiť telefón a zavolať strýkovi Samovi. Rád by som si urobil zastávku, aby som urobil oboje, kým opustíme Austráliu.“

„Bez problémov, pretože aj ja by som si chcel vyzdvihnúť niekoľko zásob. Všetko môžeme urobiť naraz. Ja nakúpim, ty si môžeš nabiť telefón a zavolať strýkovi. Mám o niečom vedieť?“

„Len o zvláštnom sne, ktorý som mala. Chce sa mi ho skontrolovať, aby som sa zbytočne netrápila.“

„To je fér,“ povedal Lachie, keď ukladal nejaké veci na varenie, aby boli v bezpečí, kým sa nevráti. „Toto miesto mi bude určite chýbať.“

„Ja viem, aj tvoji priatelia, ale nájdeš si nových a všetci sa budú cítiť ako doma. Navyše sa vráti skôr, ako sa nazdáš.“

„To je to, čo ma znepokojuje. Čo ak sa nebudem chcieť vrátiť? Čo ak si zvyknem na to, že mám okolo seba ľudí? Na to, že ma budú rozmaznávať vymoženosťami?“ Odmlčal sa, keď mu na pleciach pristáli dve straky, každá jedna. Vtáky ho zľahka ďobali do uší, akoby mu niečo šepkali. Lachie sa usmial a odleteli.

„Čo hovorili?“ Spýtal sa E-Z.

„Ehm, vlastne nič. Len povedali, že ma majú radi a že im budem chýbať.“ Havran priletel a pristál mu na pleci. „To je môj kamarát Erroll.“

„Rád ťa spoznávam, Erroll,“ povedal E-Z. „Ehm, ako ste sa vy dvaja spriatelili?“

Lachie sa zasmial. „Vtipné, že sa na to pýtaš. Errol je tu s nami už nesmierne dlho. Vlastne jeho starý otec bol mnohokrát domácim miláčikom niekoho, kto by mohol byť tvojím vzdialeným príbuzným. Teda ak si príbuzný Charlesa Dickensa?“

E-Z sa naklonil a prikývol. Lachie mal teraz rozhodne jeho plnú pozornosť.

„Charles Dickens mal domáceho havrana, ktorý sa volal Grip. Podľa príbehov, ktoré sa rozprávali po celé roky, to bol práve Grip, kto inšpiroval Edgara Allana Poea k napísaniu jeho najslávnejšej básne s názvom Havran."

„Páni, to je super!" E-Z zvolal.

„Vtáky sú superinteligentné. Rovnako ako domorodí starší, ktorí ma vzali pod svoje krídla, keď som prvýkrát prišiel do vnútrozemia. Naučili ma čítať a písať, pripravovať jedlo. Naučili ma tiež rozpoznávať jedovatú flóru a faunu a vyhýbať sa im.

„Každý deň sa niečo naučím od tvorov, s ktorými sa stretávam a rozprávam. Hovorí sa, že za starých čias sa so zvieratami vedel rozprávať každý - nielen ja -, ale niečo sa zmenilo. Myslia si, že sa to stalo v našich mozgoch, ale čokoľvek sa stalo všetkým ostatným, mne sa to nestalo."

„Ako vedeli, že si iný?"

„Vraj o mne počuli, keď som sa narodil a keď som sa stal chlapcom v škatuli. Ešte predtým, ako som sa narodil, sa o mne po svete šírili šepkané chýry. Čakali na mňa, to mi vraveli už dlho."

„Ako dlho?" E-Z sa spýtal.

„Nechcem, aby to znelo veľkohubo, ale vraj o mne vedel Mozart - mal domáceho špačka a žil v 17. storočí. To je novšie. Pred ním sa to dá vystopovať až k Vergíliovi v roku 70 pred n. l. Vedel si, že mal domácu muchu?"

„Naozaj? Mucha - domáce zvieratko?"

„Rozprával som sa s jednou muchou z kríkov, ktorá bola príbuzná Vergília - volala sa Leonard, skrátene Leo, a všetko mi potvrdila." Lachie zdvihol hrniec a spolu s ďalšími vecami ho schoval do kríkov. „Rozprával som sa aj s príbuzným papagája Andrewa Jacksona. Jacksonov vták sa volal Pol - bol to darček pre jeho manželku - a bol to samec, ale keďže jeho príbuzná bola žena, volala sa Polly. Mala zvláštny zmysel pre humor!"

„Tak to znie. Ehm, dúfam, že sa budeme môcť porozprávať dlhšie, ale musím sa ťa spýtať na tvoje zvláštne schopnosti - a čoskoro by sme mali vyraziť na cestu, teda ak máš všetko bezpečne uložené."

Lachie prikývol: „Jasná vec. Už som takmer pripravená. Len musím zabezpečiť ešte pár vecí. Medzitým mi najskôr povedz niečo o sebe."

„Nuž, už ste videli mňa a moje kreslo v akcii - áno, vieme lietať. Moje kreslo má zvláštne schopnosti, okrem lietania dokáže aj chytať zločincov a má chuť na krv. Sme dvojica, moje kreslo a ja, ako Batman a jeho Batmobil."

„Super!" Lachie povedal. „Ale to s tou krvou je trochu divné." "To je divné.

„Waste not want not, neviem, kto to povedal, ale zdá sa, že moje kreslo s tým súhlasí. Namiesto toho, aby ju nechala kvapkať do zeme, ju nasaje.

„Našou prvou záchrannou akciou bolo malé dievčatko - zachránili sme ho pred zrážkou s vozidlom. Potom sme zachránili lietadlo plné cestujúcich. Nechcem sa chváliť a som si istý, že ste pochopili podstatu. Vďaka pomoci druhým som zistil, že som teraz super silný a moja stolička tiež. Jo, a sme nepriestrelní."

„Chceš povedať, že na teba ľudia strieľali?"

„Áno, mali sme niekoľko situácií, v ktorých sa vyskytli zbrane. Teraz si na rade ty."

Mojou najúžasnejšou schopnosťou je, ako ste už videli - môžem sa rozprávať s akýmikoľvek tvormi, s akýmikoľvek. Vlastne včera, keď si si myslel, že sa rozprávaš s Baby, no, tak trochu si sa rozprával, ale keby som tu nebola, tak by bľabotala. Ona s tebou komunikuje, prostredníctvom mňa. Som ako sieť, bezpečnostná sieť. Môžem ju vypnúť alebo otvoriť podľa toho, ako sa rozhodnem.

„Keď som bol v tej klietke, zvieratá sedeli vonku a rozprávali. Niekedy som si myslel, že so mnou komunikujú, ale potom som si myslel, že som sa možno zbláznil. Raz cez mreže mojej klietky vletel šváb a povedal, že mi môže pomôcť dostať sa von, ak budem chcieť.

„Fuj, neznášam šváby. Nikdy som však nepočul o lietajúcich šváboch.“

„V skutočnosti sú dosť inteligentné a majú obrovský inštinkt na prežitie - myslím tým, že zjedia čokoľvek.“

„Škoda, že nezjedli ľudí, ktorí ťa do tej škatule dali.“ E-Z sa na chvíľu zamyslel. „Prečo si ho nenechal, aby sa ťa pokúsil zachránit? Veď si nemal čo stratiť.“

„Ako sa hovorí to staré príslovie, že lepší je ten čert, ktorého poznáš?“

„Chápem to, takže si sa nebál ľudí, ktorí ťa držali?“

„V skutočnosti to nebola škatuľa - bola to klietka. Ale znie to lepšie, keď sa tomu hovorí škatuľa. Okrem toho mi nikdy neublížili. Dávali mi najesť a napojiť. Vymieňali noviny. A nikdy som vlastne nevidel, kto sú, lebo nosili masky.“

„Nechápem, prečo ťa tam vôbec držali.“ “A prečo?

„To sa asi nikdy nedozviem. A ani som sa nezdržiaval, aby som dostal nejaké odpovede, keď ma pustili von."

„Ako to dopadlo?"

„Zriadili mi izbu v tom istom dome. Poslali so mnou milú pani, aby sa o mňa starala. Nikdy som nevychádzal z domu. Bolo to pre mňa príliš desivé."

„Bol si schopný rozprávať? Myslím tým, že ak ste boli navždy v klietke, máte spomienky na to, čo bolo predtým? Na svojich rodičov?"

„Nerada o tom hovorím. Minulosť je minulosť. Nemôžem ju zmeniť. Vždy sa pozerám dopredu. Ale nenarodila som sa v klietke. Niekedy si myslím, že si pamätám, ako som chodil do školy. Ale mohol to byť len sen. V niektorých dňoch je ťažké rozlíšiť ich."

E-Z si pripomenul, že má zavolať strýkovi Samovi.

„Ako si teda skončil tu, žiješ so zvieratami a si stopercentne sebestačný? Hádam ti nechýbajú ľudia?"

„Nemôže ti chýbať to, čo si nepamätáš. Čo sa týka zvierat, nevybral som si ich ja, ale ony mňa. Prišli do domu, akoby vedeli, že už nie som v klietke, a čakali, kým vyjdem von. Už vedeli, že sa s nimi dokážem rozprávať, že im rozumiem - ale ja som nevedel, že to dokážem, kým som sa o to nepokúsil. Potom sa mi otvoril celý svet a ja som musel byť jeho súčasťou. Už som nebol sám. Vtedy mi ponúkli, že ma vezmú preč a budú ma strážiť. Teraz si v obraze s príbehom Lachie."

„Je to úžasný príbeh. Takže rozprávanie so zvieratami. Objavila si ešte niečo iné?"

„No, áno. Ale je to celkom nové."

„Povedz mi o tom."

„Bude lepšie, keď ti to ukážem."

„Dobre," povedal E-Z.

Sledoval, ako Lachie vstal a kráčal k neďalekému eukalyptu. Chvíľu ešte stál pri strome, potom vykročil dopredu, takže stál pred hrubým, zvetraným kmeňom stromu. Potom zmizol.

„Čo to?"

Lachie sa presunul na druhú stranu stromu a potom sa vrátil späť ku kmeňu.

„Aha, takže si neviditeľný?"

„Nie, pozri sa pozornejšie." Odstúpil od stromu. „Sleduj moje oči."

E-Z to urobil a v kmeni stromu videl Lachieho oči, ale Lachieho nevidel. „Počkaj chvíľu," povedal E-Z. „Už to chápem. Je to kamufláž - si chameleón. Páni!"

Lachie sa zasmial a potom sa vrátil na svoje miesto.

„Ako si to zistil? Je to naozaj skvelá schopnosť. Môžeš splynúť prakticky kdekoľvek a nikto to nikdy nespozná!"

„Po tom, čo som nejaký čas žil s bytosťami - nevidel som žiadneho človeka -, jedného dňa tadiaľto prešla skupina turistov. Rozbehol som sa vyliezť na strom a ukryť sa, ale nemal som dosť času - tak som sa len zastavil o kmeň stromu a zostal som stáť. Prešli okolo mňa, akoby som neexistoval. Nevedel som na to prísť. Na ramene mi pristál vták a po nohe sa mi plazil had. Oni ma videli, ale ľudia nie. Vtedy som zistil, že som chameleón."

„Aký je to pocit? Myslím, keď sa prepneš do maskovacieho módu?"

„Necítim sa ako niečo iné. Jednoducho sa to stane."

„Super. No, chceš vedieť niečo o zvyšku tímu a o tom, aké schopnosti prinášajú?"

Lachie prikývol.

„Lia sa ti bude páčiť. Je vidiaca. Oči má v rukách a vidí do prítomnosti, do mysle niektorých ľudí a niekedy dokáže nahliadnuť do budúcnosti, čo sa stane. Zdá sa, že táto časť jej moci sa zväčšuje. Samozrejme, je tu aj otázka veku. Keď sme sa prvýkrát stretli, mala sedem rokov a teraz má dvanásť."

„To je fakt super," povedala Lachie. „A počul som, že jej matka a tvoj strýko Sam sú..."

„Nevadí, ak sa pohneme. Už len keď počujem Samovo meno, znova sa mi zvyšuje úzkosť."

„Bez obáv," povedal Lachie. Hvízdol a Baby dorazila a odleteli do najbližšieho mesta, kde Lachie vyzdvihol pár vecí, E-Z zapojil svoj telefón do nabíjačky, a keď bol dostatočne nabitý, hneď zavolal na Samovo číslo.

Nikto to nebral, namiesto toho sa hovor dostal priamo do Samovej hlasovej schránky. Skúsil Samanthin telefón a tá mu hneď odpovedala. „Ahoj, tu E-Z, je strýko Sam k dispozícii?"

„Jasné, E-Z, len sekundu." Niečo zašepkal. „Ahoj, chlapče," povedal Sam. „Kde si teraz, už letíš nad oceánom?"

„Ehm, len kontrolujem, či je s tebou všetko v poriadku," povedal E-Z. „Ak áno, povedz kódové slovo."

„Sponge Bob Square Pants," povedal strýko Sam.

„Vďakabohu," povedal E-Z. „Mal som čudný sen, že ťa majú Fúrie."

„Aha, prišli k nám kamaráti a práve sa chystáme sadnúť si a namáčať nejaké veci do fondue. Máme čokoládu s ovocím, syr so zeleninou a syr s chlebom a mäsom. Je to dosť veľký výber a máme niekoľko druhov vína. Dvojčatá už sú na noc dole."

„Uh, to znie..."

„Musím ísť E-Z, čoskoro sa uvidíme. Buď v bezpečí."

„Môj strýko je v poriadku a majú fondue - to znie ako nejaká párty."

„Čo je fondue?" Lachie sa spýtal.

„Je to hrniec, v ktorom sa rozpúšťajú veci a potom sa do nich namáčajú ďalšie veci. Napríklad namáčanie jahôd do čokolády a kúskov chleba do syra. A máš pravdu, sú už manželia a nedávno sa im narodili dvojčatá, takže dom je dosť plný a hlučný."

„Ooh, to znie vynikajúco," povedal Lachie.

S plne nabitým telefónom E-Z, Lachieho zásobami bezpečne uloženými na Babyho chrbte dvojica odletela z Austrálie. Počas cesty sa rozprávali. Po hodinách, keď nevideli nič zaujímavé, a s kručiacimi žalúdkami sa pripravovali na pristátie, aby si mohli dať prestávku na jedlo a toaletu.

„Aj tak budeme musieť čoskoro pristáť, aby sme si dali obed - okrem toho, už teraz som hladná! A mimochodom, gratulujem!"

„Vďaka! Môžeme sa zastaviť na Havaji na cheeseburgery a hranolky," navrhol E-Z.

„Nevedel som, že Havajčania sa špecializujú na hamburgery a hranolky.“

„Sú súčasťou USA, takže cheeseburgery a hranolky - nehovoriac o hustých koktailoch - sú výborné tradičné jedlá, ktoré môžeš ochutnať, a garantujem ti, že ti budú chutiť.“

„Ja nejem mäso. Aj kravy sú ľudia.“

„Majú niečo na báze zeleniny, stále je to cheeseburger a bude vám chutiť. Aha, nemáš nič proti pitiu kravského mlieka, však?“ “Áno.

„Nie, nemám.“

„Dobre, stolička a Baby - poďme do najbližšieho cheeseburgerového podniku, kde podávajú aj vegetariánske hamburgery,“ navrhol E-Z, pretože jeho kručiaci žalúdok dal o sebe vedieť.

„Do toho!“ Lachlan zakričal, keď Baby hľadal vhodné miesto na pristátie.

KAPITOLA 5

BRANDY

Lia a jej spoločník jednorožec Malý Dorrit leteli v oblakoch.

Lia ocenila ladné, ale rýchle pohyby svojej lietajúcej spoločníčky. Spoločne vymysleli hru s názvom Skok do oblakov. V závislosti od typu mraku buď skákali cez neho, pod ním, alebo cez neho. Prechádzať cezň bolo najzábavnejšie.

„Milujem, keď sme vnútri oblaku," povedala Lia. „Natiahnem ruku, aby som sa ho dotkla, ale nič tam nie je."

„Vyzerá to tak, že do obchodného centra pod nami ideme," povedala Malá Dorrit pred tým, ako predviedla trojitý skok, prešla cez, potom pod a potom cez ten istý oblak.

„Weeeeeeeee!" Lia zvolala.

„Ďakujem, ďakujem," povedala jednorožkyňa a ukázala dolu.

„Nakupovanie, čo?" Lia povedala, keď si ju obzrela. Bolo to veľké nákupné centrum, dlhé takmer jeden blok. „Dúfam, že nebudem potrebovať veľa peňazí, ale mama mi dala svoju kreditnú kartu, keby som ju potrebovala."

„Brandy stojí v uličke obchodu s potravinami a plní vozík, aby si skrátila čas. Mali by sme sa poponáhľať, inak ju mama bude čoskoro hľadať," povedal jednorožec.

„To je fakt super, že dokážeš takto vynulovať jej polohu. Už sa neviem dočkať, kedy sa s ňou stretneme a dozvieme sa viac o jej schopnostiach," povedala Lia a objala Malú Dorrit okolo krku, aby sa pripravila na pristátie. „Vždy som chcela mať staršiu sestru, takže toto je možno moja jediná šanca."

„Pískaj, keď ma budeš potrebovať," povedala Malá Dorrit, keď Lia zosadla, "a ja sa s tebou stretnem priamo tu."

Lia vošla do nákupného centra cez krídlové dvere. Hneď zbadala dievča, o ktorom dúfala, že je Brandy, ako tlačí vozík v obchode s potravinami. Na základe Rosaliinho opisu to musela byť ona.

Dievča bolo oblečené ležérne, v sivej mikine s kapucňou. Bola čiastočne zapnutá na zips, ale dostatočne otvorená, aby odhalila červené tričko I Love Music, ktoré sa pod ňou nachádzalo. Na vreckách jej čiernych džínsov boli nálepky s hudobnými notami. Jej plátenné bežecké nohavice sa čítali tak, aby ladili s tričkom.

Lia dievča chvíľu pozorovala a potom k nej pristúpila. Cítila sa trochu zastrašene. Akoby sa stretla s nejakou celebritou. V jej predstavách Brandy oplývala štýlom a pohodou.

Ako sa Lia približovala, predstavovala si, že raz budú najlepšie kamarátky. Budú spolu navštevovať nákupné stredisko. Spoločne si budú kupovať oblečenie. Možno by jej Brandy dokonca pomohla vybrať nejaké nové celoamerické oblečenie.

„Na čo sa tak pozeráš, chlapče?" Brandy sa spýtala tónom, ktorý nebol veľmi priateľský ani sesterský. Potom plným priehrštím odohnala Liine ruky.

„To je veľmi neslušné," zvolala Lia. „To ťa nikto nenaučil slušnému správaniu?" Otočila sa k chladnému dievčaťu chrbtom. Zadržala dych, napočítala do desať a potom sa k nej opäť otočila. „Rosalie by sa za teba hanbila."

„Ty poznáš Rosalie?"

„Áno, som Lia a nemôžem ťa vidieť bez očí, ktoré mám v rukách." Lia opäť zdvihla ruky.

„Páni!" Brandy zvolala. „Myslela som si, že som divná, ale chlapče, teda, ehm, Lia, ty si na to ako biskvit." Strčila si ruky do vreciek. „Ale každý Rosaliin priateľ je aj môj priateľ."

„Ehm, vďaka," povedala Lia. „Môžeme sa ísť niekam porozprávať?"

„Nemôžem povedať, čo by sme mali my dve spoločné - okrem Rosalie." Tínedžerka tlačila vozík ďalej a nechala Liu za sebou.

Lia bojovala so vzlykmi, ale podarilo sa jej zo seba dostať slová: „Potrebujeme vašu pomoc, pretože Rosalie je mŕtva."

Brandy sa zastavila a zhlboka sa nadýchla, keď jej po líci stekala slza, ktorú sa otočila a odhrnula. „Nasleduj ma, dieťa." Opustila vozík aj so všetkými predmetmi v ňom, zamierili k stánku hneď vo vnútri obchodného centra a posadili sa.

„Dám si pohár vody," povedala Lia. „Bez ľadu, prosím."

„No tak, chlapče, žite nebezpečne. Dá si Root Beer Float - a nech sú to dve." Keď čašníčka odišla, „bude ti chutiť, neboj sa. Teraz mi povedz viac o tom, prečo si tu, a povedz mi, čo sa stalo s tou milou dámou Rosalie."

„Najskôr, čo ti Rosalie povedala o mne, o nás?"

„Nič. Vedel som, kto je, a vedel som, že na mňa dáva pozor. Najprv som si myslel, že je to anjel, lebo sa mi vedela prihovoriť v hlave, ako keď som sa modlil ako malý chlapec. Potom som si uvedomila, že je to skutočný človek, rovnako ako ja, a teraz je mŕtva. Rád by som pomohol dostať ľudí, ktorí ju zabili - ak ste tu preto, tak som pre. Zvláštne, myslím si, že teraz je z nej anjel, ktorý na mňa stále dohliada."

„Ja tiež," povedala Lia. „Presne tak."

„Tak ako sa to stalo?" Brandy sa spýtala. „Ak to nie je necitlivá téma, na ktorú sa pýtam. Vždy sa mi zdá, že najlepšie je hovoriť o podivnostiach, ktoré nás robia tým, kým sme. Ak mám svoje vlastné podivnosti, ver mi. Každý ju má.

„Moja mama by mi vynadala, že sa ťa pýtam takú osobnú otázku. Ale ja rád prechádzam k veci. Vždy si mal oči na dlaniach? Myslela by som si, že ťa budú naháňať novinári a fotografi, ľudia sa s tebou chcú rozprávať, počúvať a rozprávať tvoj príbeh, aby sa predali časopisy a noviny."

„Ach," povedala Lia, "väčšina ľudí sa viac zaujíma o slávne vymyslené postavy, ako je Harry Potter, ako o skutočných ľudí. Keby bol Harry Potter skutočný, ľudia by sa mu vyhýbali alebo by si ho doberali. V jeho svete však bol hrdinom, takže jeho jazva sa stala súčasťou jeho príbehu. Vďaka nej bol pre nás ľudskejší, takže sme sa s ním mohli stotožniť. Žiadne dieťa však nechce vynikať, pretože v tomto svete sa odlišnosti nie vždy cenia.

„Je to smiešne, ako sa dokážeme stotožniť s fiktívnymi postavami a vcítiť sa do nich a nepoznáme skutočných hrdinov v našom každodennom živote."

„Ach, brat," povedala Brandy, "ty si tak trochu ťahúň, však? Je to ako rozprávať sa s dvadsaťročným deckom."

„Prepáč," povedala Lia. „Za krátky čas som sa zmenila zo siedmich na desať až dvanásť. Nemala som čas sa prispôsobiť."

„To je v poriadku," povedala Brandy. „A v zásade by som s tebou v tomto súhlasila, chlapče, ale odkedy sa Reality Tv dostala do vysielania, zaujíma nás život obyčajných ľudí. Teda obyčajných, ale bohatých ľudí, ako sú Kardashianovci. Ja to nepozerám, ale milióny ľudí áno."

Prišli ich nápoje. Brandy najprv zjedla čerešničku na vrchu toho svojho a potom sa spýtala Lii, či chce aj ona. Keď Lia povedala, že nie, Brandy si ju zdvihla a strčila si ju rovno do papule. „Daj si dúšok. Ak to ochutnáš, určite ti bude chutiť."

Lia si cez slamku poriadne odpila a tvár sa jej rozžiarila. „Je to naozaj dobré!" Potom zamiešala zmrzlinu slamkou, keď premýšľala, čo povie ďalej.

„Čo sa mňa týka, narodila som sa s očami, ktoré fungovali dobre. Ale nehoda ma oslepila, a keď som sa prebrala, mala som tieto oči a tiež to, čomu sa hovorí zrak. Vidím, čo si ľudia myslia, tak sme sa s Rosalie prvýkrát rozprávali. Čas pre mňa nie je taký ako pre všetkých ostatných, ale už dávno som nevynechal žiadny rok. Takisto, ako plynie čas, niekedy vidím, čo sa stane mne a ostatným, viete, v budúcnosti."

„Vedel si, že Rosalie zomrie skôr, ako sa to stalo?"

„Nie, nevedel. Prichádza to a odchádza. Niekedy to vôbec nefunguje. Nie je to stopercentne spoľahlivé. Mimochodom, nedokážem čítať tvoje myšlienky; ak ťa to zaujíma."

„Dobre. Vedieť, že mi dokážeš čítať myšlienky, by bolo veľmi strašidelné." Brandy si dala obrovský dúšok, ktorý dopadol na dno nádoby a vydal zvuk

‚to je všetko, ľudia'. „Rada by som si dala ešte jeden, ale nedám si," povedala. „Najlepšie je mať mieru, pretože ak si budeme neustále dopriavať veci - veci, o ktorých si myslíme, že ich naozaj chceme, potom si ich nebudeme tak vážiť."

„Veľmi múdre," povedala Lia. „Ak chceš, môžeš si vziať zvyšok môjho."

„Bola by škoda nechať ho prepadnúť."

Obe dievčatá chvíľu mlčali, kým Brandy nezavibroval telefón. „Čoskoro príde moja mama a pripojí sa k nám."

„Ako vie, kde sme?"

„Dobre, má svoje spôsoby, teda sledovacie zariadenie v mojom telefóne."

„A to ti nevadí?"

Nie. Niekoľkokrát som zmizla, ale vždy som sa vrátila do nákupného centra. Väčšinou, keď odídem, nemá o tom ani tušenia. Až kým jej nezavolám a nepožiadam ju, aby ma prišla vyzdvihnúť sem. To je zvyčajne jej prvá stopa, moja esemeska alebo telefonát. Aplikácia ju však zachraňuje od starostí o mňa. Myslím, že nie je ľahké mať dcéru, ktorá môže zomrieť a znova ožiť."

Prišla Brandyina matka a predstavili sa. Zasvätili ju do príbehov Rosalie a Lii a oboznámili ju s tým, čo doteraz prebrali.

„Čo ste vy dve dievčatá plánovali?" spýtala sa. „Vyzeráte, že by ste mohli mať niečo za lubom."

„Len prebytok cukru," povedala Brandy a usmiala sa. „Lia mi práve chcela povedať, na čo ma potrebujú."

„Takže si mi vysvetlila tú tvoju, opakujúcu sa situáciu?"

„Stručne. K tomu som sa ešte nedostala, mami, len mi povedala o tej nehode a o tom, prečo má oči na rukách."

Prišla čašníčka a Brandyina mama si objednala kávu. Hneď sa vrátila s hrnčekom, ktorý naplnila. „Dopĺňanie je zadarmo," povedala čašníčka. „Stačí, keď zdvihnete hrnček, keď bude prázdny, a ja vám ho hneď znova naplním."

„Ďakujem," povedala Brandyina mama.

„Rada si to vypočujem," povedala Lia a odhrnula si vlasy za ucho. Páčilo sa jej, ako sa Brandy a jej mama venujú jedna druhej. Boli si strašne blízke; dalo sa to vyčítať z toho, ako sa neustále dotýkali. Ich blízkosť ju nútila spomenúť si na všetky časy, keď jej mama pracovala po nociach a cez víkendy a ona sa musela vo všetkom spoliehať na Hannah, svoju opatrovateľku. Teraz, keď boli tu a jej matka bola vydatá za Sama, to bolo iné, ale nové deti jej určite zaberali veľa matkinho času.

Brandy sa rozplývala: „Keď som prvýkrát zomrela, bola som malá. Bolo to práve v tomto nákupnom centre. V jednej chvíli som bola mŕtva a v druhej som opäť žila. Ako som ti už povedala, vždy skončím tu. Tak veľmi milujem toto nákupné centrum."

„To je smiešne," povedala Lia.

„Ja naozaj milujem nakupovanie!"

„To máš!" Brandyina matka povedala, že jej dcéra zavolala čašníčku späť a požiadala o pohár ľadovej vody.

„Nech sú to dva poháre vody," povedala Lia.

Keďže už tam bola, čašníčka doliala Brandyinej matke šálku kávy.

Lia cítila, že teraz alebo nikdy - mala by prejsť k veci. Bolo už neskoro a malá Dorritka čakala.

„E-Z, ktorý je náš vodca, je na vozíčku a dokáže zachraňovať ľudí, dokonca aj lietadlá plné cestujúcich. Má super silu a rýchlosť a on aj jeho vozík majú krídla.

„Alfréd je trúbková labuť a má ESP, navyše dokáže ľudí a tvory opäť priviesť k životu. Vrátane teba sú tu ďalšie dve deti, ktoré pridáme do skupiny, plus E-Zov bratranec Charles - takže nás bude spolu sedem."

„Ach, šťastná sedmička," povedala Brandyina mama.

Lia pokračovala: „Keď si si všetko vypočula, ak budeš súhlasiť, že nám pomôžeš bojovať proti Fúriám, tvoj život bude v ohrození. Sú to tri zlé sestry - bohyne -, ktoré zabili Rozáliu."

„Zlé, čo? Zabitie Rozálie bol zbabelý čin! Nikdy by neublížila ani muche!" Brandy povedala.

„Je táto informácia verejná?" Brandyina matka sa spýtala. „Všetko to znie tak, že je to vymyslené."

„Prečo to urobili?" Brandy sa spýtala. „Čo dostanú za to, že zabijú takú milú starú ženu, ako je Rosalie?"

„Využívajú deti. Zabíjajú deti," povedala Lia.

Brandy aj jej matka prestali piť.

„Je ťažké to vysvetliť, ale pokúsim sa o to. Keď zomrieme, naše Duše sú určené pre čakajúcich Lovcov duší - miesto nášho večného odpočinku. Každý z nás má svoj jedinečný Lovec duší - takže nikdy nemôžeme zomrieť. Naše duše žijú ďalej. Nie je to nebo, aké sme si predstavovali, ale je skutočné a Fúrie zabíjajú nevinné deti - a vkladajú ich do Lapačov duší, ktoré patria iným ľuďom.

„V skutočnosti, keď Rosalie zomrela, jej duša nemala kam ísť. Našťastie, naši priatelia Hadz a Reiki - sú to rádoby anjeli - dokázali Rosaliinu dušu zachytiť. Držia ju v bezpečí, kým nezlikvidujeme Fúrie a nedáme veci opäť do poriadku so všetkými Lovcami duší. Keď ich zlikvidujeme, archanjeli prevezmú moc a napravia neporiadok, ktorý spôsobili. Všetko sa opäť vráti do normálu."

„Myslela som si, že archanjeli sú zloduchovia," povedala Brandy. „Ako môžeme vedieť, že im môžeme dôverovat? A prečo im chceme pomáhat?"

„To je od vás, deti, veľmi veľká požiadavka," povedala Brandyina mama.

„Je to veľmi dlhý príbeh. Taký, ktorý vám môžeme časom rozpovedať. Ale práve teraz sa musíme vrátiť na veliteľstvo. To je náš dom. Keď budeme všetci pod jednou strechou, môžeme si všetko vysvetliť a vymyslieť plán."

„Som za," povedala Brandy. „Už si ma dostal, keď si povedal, že zabili Rosalie, ale teraz viem, že zabíjali aj nevinné deti, nuž nechaj ma na nich." Zdvihla pohár s vodou a pripila si s Liou.

„Počkaj," povedala Brandyina matka, "ak archanjeli nedokážu poraziť túto vec, ako potom môžu očakávať, že vy, deti..."

„Mami," Brandy ju pohladila po ruke. „Nie som ako ostatné deti. Znie to, akoby sme boli banda nespratníkov so zvláštnymi schopnosťami a ja medzi nich zapadnem. Nie je prekvapujúce, že nás archanjeli požiadali, aby sme im pomohli.

„Rozália nás všetkých spojila, takže môžeme vytvoriť tím. Keby tu bola, bola by s nami v tíme. Teraz je s nami v duchu. Spoločne budeme silou, s ktorou treba počítať.

„Okrem toho sa musíme postarať, aby Rosalie mala späť svoje miesto večného odpočinku. Všetko sa deje z nejakého dôvodu, nie si to ty, kto mi to vždy hovorí?"

„Takže, čo bude ďalej?" spýtala sa jej mama.

„Musíme byť spolu a dom E-Z je dosť veľký pre nás všetkých. Ostatní a Charles Dickens - dlhý príbeh - sa tam s nami stretnú."

„Nie ten Charles Dickens?"

„Ten jediný, ale ten má len desať rokov. Prišiel a objavili ho dvaja detektoristi v Londýne v Anglicku. Z istého dôvodu ho poslali späť na Zem. Okrem toho, že on a E-Z sú bratranci. Je jedným z nás. Spoločne sa chystáme poraziť tie sestry a znovu napraviť svet."

„Poďme!" Brandy povedala. „Mama má v aute môj batoh a sú v ňom všetky potrebné veci. Vždy mám zbalenú tašku pre každý prípad. Už sa mi to párkrát hodilo. Predpokladám, že v dome je práčka a sušička? A sušič vlasov?"

„Áno, áno a áno," povedala Lia a potom si pískla.

Brandy a jej mama si zakryli uši. „Na čo to bolo?"

„Poď von a ja ti predstavím svoju kamarátku Malú Dorrit - je to jednorožec - a zároveň si môžeš vziať tašku." Vyšli von dverami a ona ukázala na oblohu, kde práve prilietal na pristátie jednorožec.

„Počkaj chvíľu," povedala Brandy, „budeme jazdiť po krajine na jednorožcovi?"

Brandyina mama sa zamračila. Cítila sa malátna a nohy sa jej rozbehli ako prevarené špagety.

„Poď k nej a pohlaď ju," povedala Lia. „Malá Dorrit, toto je Brandy a jej mama."

„Jej kožúšok je krásny a hebký," povedala Brandyina mama.

„Chcela by si sa odviezť do auta?" Malá Dorrit sa spýtala.

„Nie, ďakujem,“ povedala Brandyina mama. Potom dcére povedala: „Neviem, ako to vysvetlím tvojmu otcovi. Možno by ste mali ísť všetky so mnou domov a spolu si to vysvetlíme a rozhodneme sa, či môžete ísť...“

„Musím ísť,“ povedala Brandy. „Je to môj osud.“ Objala svoju matku.

„Pomohlo by, keby si sa porozprávala s mojou mamou?“ Lia sa spýtala a bez čakania na odpoveď ju zrýchlene vytočila, vysvetlila situáciu a podala telefón Brandyinej mame, ktorá sa porozprávala so Samanthou a potom jej telefón vrátila.

Vzápätí už všetky tri lietali po parkovisku a hľadali auto, pričom ľudia pod nimi trúbili, fotili sa na telefóny a narážali do seba autami a trolejbusmi.

„Tam je,“ povedala Brandyina mama.

Malá Dorrit pristála a zosunula sa. „Počkajte tu a ja vezmem dcérinu tašku.“

Vrátila sa a hodila ju Brandy. „Vďaka za odvoz,“ povedala malej Dorrit. Brandy povedala: „Brandy zavolaj domov. Denne. Ako E.T.“ Dala jej pusu. Potom Lii: „Rád som ťa spoznal.“

„Aj teba,“ povedala Lia, keď sa malá Dorrit zdvihla zo zeme. „Nebojte sa, vašu dcéru udržíme v bezpečí.“

Brandyina matka ich pozorovala, ako odlietajú, až kým ich už nevidela. Vtedy si už všetci zvedaví parkujúci našli niečo iné, na čo sa mohli pozerať, a tak nasadla do auta a vydala sa smerom domov.

Vybrala si dlhú cestu domov. Potrebovala si premyslieť, ako to všetko vysvetlí Brandyinmu otcovi.

KAPITOLA 6
HARUTO

Alfred čakal pred kaviarňou, kým majiteľ, ktorý očakával nového zákazníka. Harutova babička sa nezmienila o tom, že zákazníkom je labuť trúbková. Keď majiteľ uvidel Alfréda, zobral ho k stolu ďaleko vzadu.

Alfredovi nevadilo, že je mimo cesty. Vlastne to mal radšej, keďže tam bola ceduľka, ktorá označovala zákaz vstupu domácich zvierat - nie že by sa labute v Japonsku alebo kdekoľvek inde na svete, o ktorom vedel, považovali za domáce zvieratá.

Ako tak ticho sedel a čakal na príchod Harutovho otca, využíval bezplatné WI-FI v kaviarni a zistil niekoľko naozaj zaujímavých vecí o japonských kaviarenských kultúrach. Napríklad v Jokohame boli kaviarne pre milovníkov mačiek a jedna na oslavu ježkov.

O pätnásť minút neskôr vstúpil do kaviarne muž. Alfréd hneď vedel, že je to Harutov otec, pretože urobil rýchly krok k jeho stolu.

„Naze watashitachiha daidokoro no chikaku ni iru nodesu ka?" spýtal sa majiteľa kaviarne (čo v preklade znamená: Prečo sme blízko kuchyne?"

„Kare wa hakuchōdakara!" povedal majiteľ predtým, ako sa vzdialil od stola (čo v preklade znamená: Pretože je labuť!)

Keď sa po niekoľkých minútach vrátil s podnosom plným bublinkového čaju, majiteľ povedal: „ Mōshiwakearimasen" (čo v preklade znamená: Je mi to ľúto.)

„ Ī nda yo," povedal Harutov otec s úsmevom (čo v preklade znamená: To je v poriadku.)

Čaj Alfredovi podávali v miske dosť veľkej na to, aby do nej mohol strčiť svoj zobák. Jeho čaj bol ľadový - dobre, lebo si nechcel spáliť jazyk ani dlho čakať, kým vychladne.

„Domo arigato gozaimasu," povedal Alfred (čo v preklade znamená: veľmi pekne ďakujem.)

„lie," odpovedal Harutov otec (čo v preklade znamená: nespomínaj to.)

Chvíľu ticho sedeli, pozerali sa jeden na druhého a popíjali čaj.

„Prečo si tu?" Harutov otec sa náhle spýtal. „Moja žena sa bojí, že nám chceš vziať nášho syna, a ty ho nemôžeš mať. Áno, našli sme ho, ale sme jediní rodičia, ktorých kedy poznal."

„Páni!" Alfréd zvolal. „Nič sa nestane, ak to nebudeš chcieť. Mimochodom, angličtina vášho syna je výborná," povedal Alfréd. „Rovnako ako vaša vlastná."

„Lichôtky vám tu nepomôžu. Ako som už povedal, môjho syna nemôžete mať."

„Keby nám Haruto mohol pomôcť, zachrániť svet? Stále by si odmietal?"

„Haruto je len chlapec. Ty si labuť. Čo dokážu chlapci a labute, čo nedokážu muži? Nemôžeš ho mať." Prekrížil si ruky.

„Čo ak bez jeho pomoci nedokážeme zachrániť svet? Čo ak nám chce pomôcť?"

„Haruto nevie nič o živote. Nemôže vám pomôcť. Nájdi si syna niekoho iného, niekoho staršieho. Niekoho, kto sa narodil, aby zachránil svet. Nie chlapca. Nie môj chlapec, Haruto. Nie dnes, zajtra ani nikdy predtým."

„Čo keby sme ho nechali rozhodnúť?" Alfred povedal. „Potom, čo mu všetko vysvetlím."

„Povedz mi všetko hneď. A ja rozhodnem, čo by mal vedieť. Ale najprv sa ťa opýtam - prečo si myslíš, že ti môže pomôcť taký malý chlapec, ako je môj syn?"

„Myslíme si, že tak ako my ostatní, aj on má nadanie, jedinečné nadanie. Nie je ako ostatné deti, však? Keď ho Rosalie spomínala, bol ešte dieťa. Zostarol rýchlejšie ako ostatné deti?"

Harutov otec pokrútil hlavou. „Keď sme ho pred piatimi rokmi našli, bol ešte dieťa. Vyrástol, ako rastie každé dieťa."

„Ach, prepáčte. Rosalie nemala čas aktualizovať alebo doplniť svoje poznámky. Napriek tomu, nechcete, aby váš syn bol s inými deťmi, ktoré sú nadané ako on? Bol by jedným z nás, nami prijatý. A my by sme si ctili jeho nadanie a chránili ho."

„Naznačujete, že nedokážem ochrániť vlastného syna?"

„Nie, pane. To vôbec netvrdím. Hovorím, že vám hovorím, že ho potrebujeme a možno, len možno, že on potrebuje nás. Chlapec, ktorý stojí sám, nikdy nemôže byť taký silný ako chlapec, ktorý je členom tímu."

„Možno je osamelý. Možno, ale je mladý a vyrastie z toho." Harutov otec zostal ticho, kým sa spýtal: „Aký je tvoj dar a kto je nepriateľ?" „Áno," odpovedal.

„Mám liečivé schopnosti, pre ľudí aj zvieratá - väčšinou pre tie druhé. Dokážem čítať myšlienky. Lia dokáže vidieť do budúcnosti. E-Z zachraňuje životy. som schopný liečiť chorých a čítať myšlienky. Dokonca máme superhrdinskú webovú stránku, ktorú ti môžem ukázať, ak by si chcel všetko vidieť na vlastné oči ako dôkaz."

„Už som videl vašu webovú stránku," povedal Harutov otec. „Ste známi ako Traja. Nie ste traja dosť silní na to, aby ste sa postavili akýmkoľvek nepriateľom? Ako vám môže pomôcť malý chlapec ako Haruto? Sotva si pamätá, že si má umyť zuby."

„To chápem. Aj ja som mal syna, keď som bol človek."

„Kedysi si bol človek? Čo sa stalo s tvojím synom?"

„Zomreli a zo mňa sa stala labuť. Je to dlhý komplikovaný príbeh. Hlavné je, že donedávna sme nevedeli, že existujú aj iné deti. Bola to Rosalie. Bola to úžasná žena, ktorá mala schopnosť v mysli komunikovať s deťmi. Rozprávala sa s Lijou, Harutom, Brandy a Lachie. Všetkých spojila a zaplatila za to vysokú cenu. Fúrie ju zabili, keď im nechcela prezradiť žiadne informácie o deťoch. Bez Rosalie by sme nevedeli, že existujú aj tie ostatné, a neboli by sme tu, aby sme chceli chrániť tvojho syna, ani by sme ho nežiadali o pomoc pri porážke tých zlých sestier.

„Poslali ma, aby som sa porozprával s Harutom a vysvetlil mu, proti čomu stojíme. Samozrejme, môže odmietnuť, môžeš odmietnuť za neho - ale bez neho možno nebudeme schopní premôcť zlé bohyne známe ako Fúrie.“

Majiteľka ponúkla ďalšieho čaju. Alfréd odmietol, Harutovmu otcovi sa však mierne chveli ruky, keď zdvihol čerstvo doplnený čaj a napil sa.

„Je Haruto najmladšie dieťa?“

Alfred prikývol.

„Povedz mi niečo o ďalších dvoch nováčikoch.“

„Brandy zomrie a znovu sa narodí. Lachie dokáže hovoriť a rozumejú mu všetky tvory.“

„Tá Brandy sa zakaždým znovuzrodí ako ona sama?“ Opýtal sa Harutov otec.

„Tak som to pochopil.“

„Koľko má rokov?“

„To neviem s istotou, ale myslím si, že je tínedžerka. Prečo na tom záleží?" Alfred sa spýtal.

„Pretože opakované znovuzrodenie, pričom zostáva v ľudskom stave, znamená, že Brandy uviazla v štádiu učenia. Preto sa jej bude dariť s inými, ktorí sú pokročilejší ako ona. Bude sa od nich učiť a možno jej to pomôže dosiahnuť ďalšie štádium."

Alfréd to trochu pochopil, ale nič nepovedal.

„Môj syn by Brandy neposunul dopredu, preto mu nedovolím, aby sa zúčastnil na tomto boji. Ospravedlňujem sa, že som vás pripravil o čas."

„Nuž, prišiel som až sem - tak čo mi ublíži, keď sa s ním porozprávam za tvojej prítomnosti, tvojej ženy a matky. Daj mu na výber. Nech sa rozhodne. Ak to preňho nie je to pravé, ak si myslíš, že je príliš mladý alebo nepripravený - pochopíme to - ale prosím, aspoň sa s ním o tom porozprávajme. Uvidíme, nakoľko to dokáže pochopiť. Nech je to on, kto povie nie - potom nasadnem späť do lietadla a už ma nikdy neuvidíte."

„Ty si labuť a lietaš lietadlom?" hlasno sa zasmial. Ostatní návštevníci kaviarne sa pridali, hoci netušili, prečo sa smeje. Smiali sa, pretože zvuk smiechu Harutovho otca bol nákazlivý.

„Povedz mi, čo má tvoj tím v úmysle urobiť a prečo. Potom sa rozhodnem. Ak ma dokážeš presvedčiť, potom ti možno dovolím, aby si sa pokúsil presvedčiť Haruta."

„Keď zomrieme, naša duša opustí naše telo a odíde na večný odpočinok do takzvaného lapača duší. Viem, že sa to líši od toho, čomu veríme, ale je to pravda. Fúrie zabíjali deti - deti, ktoré hrajú počítačové hry - a potom ich duše vkladali do Lapačov duší určených pre iné duše. Keď ostatní zomrú, ich Duše nemajú kam ísť."

Harutov otec bol niekoľko okamihov ticho.

„Ak bude chcieť, syn môj, Haruto ti pomôže. Povie ti, aký má talent. Povie ti, čo chce, aby si vedel, a rozhodne sa."

„Ďakujem," povedal Alfréd.

Vstali, vyšli z kaviarne a zamierili k Harutovmu domu. Keď prišli, hneď sa podávala večera a všetci boli oboznámení s priebehom misie.

„Čo sa stane s ostatnými dušami? Ak nemajú kam ísť?" Haruto sa spýtal, odložil paličky a napil sa vody.

„To nevieme s istotou," odpovedal Alfred. Pozrel na Harutovho otca, ktorý prikývol. „Ale Rosalie. Pamätáš si na Rosalie?"

„Áno, poznal som ju a viem, že zomrela," povedal Haruto. Posadil sa veľmi rovno: „Chceš povedať, že jej duša nemá domov? Ako jej môžem pomôcť dostať sa domov?"

„Som rád, že chceš pomôcť, Haruto," povedal Alfréd. „Rozálkinu dušu bezpečne držia dvaja rádoby anjeli, ktorí v minulosti pomohli nám aj E-Z. Takže je zatiaľ v poriadku.

„Skôr než ti vysvetlím viac, zaujímalo by ma, akú máš zvláštnu moc?"

Haruto sa postavil, pozrel na otca, ktorý prikývol, a potom povedal. „Pohybujem sa veľmi rýchlo." A začal sa krútiť, rýchlejšie a rýchlejšie a rýchlejšie, až kým nezmizol.

„Páni!" Alfred povedal. „Si ako miznúca verzia tasmánskeho čerta!"

„Nikdy nás neomrzí vidieť ho v akcii," povedala jeho mama. Až do tejto poznámky bola nápadne ticho. „Vráť sa, dieťa," povedala. „Vráť sa."

Prišiel rovnakým spôsobom, ako zmizol, len tentoraz ho nemohli vidieť, ako sa krúti, kým sa znovu neobjavil. „Zase som hladný!" Haruto zvolal. A posadil sa, doplnil si tanier a hltavo jedol.

„Vždy si hladný?" Alfréd sa spýtal.

„Vždy," povedal Sobo a ponúkol vnukovi ďalšie jedlo. Ten prikývol, príliš zaneprázdnený jedením, aby odpovedal.

Keď sa Haruto najedol, Alfréd mu vysvetlil, že E-Z's bude slúžiť ako sídlo tímu alebo základňa. Zadržal, hľadal správne slová, aby im povedal o nebezpečenstve, ktorému budú všetci vystavení.

„Dovoľte mi povedať, skôr než budete súhlasiť - že Fúrie sú zlé, hrozné bytosti, ktoré trestajú deti, hoci neurobili nič zlé. Berú deťom životy, za zlé myšlienky, nie za zlé skutky, a unášajú chytače duší od iných. Musíme ich zastaviť a dať veci opäť do poriadku. A sú to mimoriadne nebezpečné a mocné bohyne."

„Zakazujem ti ísť!" povedal Harutov otec.

„Ale otče, naučil si ma, že moje činy v tomto živote sa prenesú aj do ďalšieho. Preto musím povedať áno." Pozrel na Alfréda a povedal: „Počítaj so mnou!"

„Haruto, ako tvoja matka a otec chceme, aby si uspel - ale chceme, aby si bol blízko nás, nie až na druhom konci sveta s cudzími ľuďmi."

Haruto vstal zo svojho miesta a hodil sa babičke okolo krku. Obaja si tam a späť šepkali po japonsky, takže Alfred im nerozumel.

„Sobo hovorí, že ma bude sprevádzať, ale bojí sa, že jej čas sa blíži. Ak zomrie a nebude v Japonsku, ako si jej duša nájde cestu domov?"

„Spolupracujú s nami niektorí archanjeli a archanjelskí pomocníci. Chránia Rosaliinu dušu, a keby sa niečo stalo tvojej babičke, som si istý, že by ochránili aj jej dušu. Kým nebudú pripravení ich lovci duší."

„Som na teba veľmi hrdý," povedal Sobo, "a bude mi potešením pripojiť sa k tebe počas letu. Som šťastný, že sa môžem zoznámiť s ostatnými superhrdinskými deťmi. Tento Sobo bude mať viac vnúčat." Objala Haruta.

Harutova matka a otec sa k nej pridali. Bolo to rodinné objatie. Alfredovi po tvári stekali slzy. Plač labute je tá najsmutnejšia vec na svete.

Keď sa rozišli, pozbierali riad a dali ho umyť. Všetkým sa podával čaj, okrem Haruta.

„Pripravím si tašku," povedal. „Dobrú noc."

„Zarezervujem nám letenky a dám vám vedieť podrobnosti," povedal Alfred.

Vrátil sa do hotela a rezervoval si let. Potom poslal všetky podrobnosti Charlesovi Dickensovi. Dúfal, že

Charles sa s nimi stretne na letisku Heathrow a všetci spolu poletia k E-Z.

Po vyčerpávajúcom dni Alfred skočil na svoju posteľ kráľovskej veľkosti. Rozhŕňal vankúše a pozeral televíziu, až napokon upadol do spánku.

KAPITOLA 7
SK ROUTE

Keďbolivšetky deti na ceste do domu E-Z, vo vzduchu bola cítiť energia, ktorá sa nazýva nádej. Zdalo sa, že táto energia sa šíri z jedného konca sveta na druhý. Tak veľmi, že sa dostala až k Fúriám.

Tri zlé bohyne tancovali okolo ohňa, ktorý vytvorili v kotli z kostí mŕtvych. Nahor sa vzniesla mnohohlavá ohnivá guľa. Priamo pred ich očami sa rozdelila na tri ohnivé gule.

Bohyne naplnili ohnivé gule zvýšenou energiou, až sa zdalo, že rozzúrené gule vybuchnú. Potom ich poslali na cestu, aby našli a rozdrvili nádej, ktorá žila v srdciach ich nepriateľov.

Prvá ohnivá guľa sa vydala na cestu, na najvzdialenejší cieľ zarovnaný tak, aby sa stretla s E-Z, Lachie a Baby a zničila ich. Ohnivý objekt sa po ceste rozpadal, rozbíjal sa od obrovskej rýchlosti, až mal veľkosť bowlingovej gule. Zameriaval sa na nič netušiacu trojicu, proti ktorej postupoval.

Na blížiace sa nebezpečenstvo ho upozornili senzory E-Z-ovho vozíka vďaka Hadzovmu a Reikiho vylepšeniu. GPS zaznamenalo rýchlo sa pohybujúci neživý objekt, ktorý smeroval priamo k nim.

„Niečo sa blíži priamo na nás!" E-Z zakričal. „Pristávame a uhýbame mu z cesty."

„Righto," povedal Lachie, keď trojica klesla.

Ale ohnivá guľa ich sledovala, akoby mala vlastný sledovací prístroj. Bez ohľadu na to, ako nízko klesli, neúnavne ich sledovala.

Zastavili sa, vznášali sa, zoskupení - nevedeli, či majú teraz pristáť, alebo sa ju pokúsiť prekabátiť iným spôsobom. Ak by pristáli a tá vec by ich sledovala, mohla by zabiť alebo zraniť ostatných. Nechceli nikoho ďalšieho vystaviť nebezpečenstvu, pretože to išlo po nich.

„Čo budeme robiť?" Lachie sa spýtal.

„Ty a Baby sa ukryjete, ja a moja stolička to zvládneme."

„My vás neopustíme!" Lachie zakričal a Baby prikývla.

„Dobre, tak sa postav za mňa," povedal E-Z. Vedel, že on a jeho vozík sú nepriestrelní, ale boli odolní voči ohnivým guľkám? Chystal sa to zistiť za 5, 4, 3, 2, 1.

Baby natiahol krk, vydal zo seba rehot s ústami otvorenými čo najširšie - a ohnivá guľa mu vletela rovno do nich. Drak vypúlil oči a pery sa mu zachveli, keď v sebe zadržal ohnivú beštiu. Potom vyletel, Lachie sa mu držal za krk ako o život, letel ďaleko a ďaleko a hľadal miesto, kde by sa mohol zbaviť tej veci, ktorá ho pálila zvnútra.

Nakoniec našli miesto, kde ho mohli bezpečne zhodiť do mora. Baby otvoril ústa a vyletel von. Stále horiaca vec sa šmýkala po hladine, akoby bola odhodlaná zostať nažive, ale napokon to vzdala a šumiac sa ponorila do mora.

„Áno!" E-Z vykríkol. „Tak to má byť, Baby!"

„Čo sa stalo?" Baby a Lachie sa vrátili k E-Zovi.

„Baby bola úžasná! Spustil ohnivú guľu do mora. Teraz je z nej len ďalší kameň."

„Vďaka, Baby," povedal E-Z. „To bolo trochu príliš blízko na to, aby to bolo pohodlné."

„Súhlasím. A Baby si zaslúži pochúťku. Niečo chladivé pre jeho hrdlo."

„Čokoľvek Baby chce," povedal E-Z. „Poďme dole a oddýchnime si, než budeme pokračovať."

Lachie objal Babyho okolo krku a šli dolu, aby sa striasli prvého a dúfali, že aj posledného stretnutia s bláznivou ohnivou guľou.

„Myslíš, že to boli Fúrie?" Lachie sa spýtal.

„Myslím, že o nás nevedia. Teda, vedia, že existujeme, ale nie konkrétne."

„Tá vec sa na nás zamerala. Pokúsila sa nás zabiť. Kto iný by nás chcel mŕtvych?"

„Máš pravdu, išlo to priamo po nás. Pravdepodobne to bola len náhoda. Dúfam."

„Nemali by sme varovať ostatných?"

E-Z sa pozrel na svoj telefón. Mal nula čiarok. „Môj tím si poradí sám a nechcem ich vystrašiť. Dúfajme, keďže je to jednorazová záležitosť."

***

Fúrie vyslali druhý horiaci disk smerom k Jokohame. Alfredovo a Harutovo lietadlo už stálo na pristávacej dráhe a pripravovalo sa na štart.

Ohnivá guľa letela smerom k nim, ale vybrala si nešťastnú trasu - preletela okolo 59-metrového robota, ktorý natiahol ruku, zachytil ju a potom ju rozdrvil. Na plošine pod ním zhorel popol.

Na letisku Alfredovo a Harutovo lietadlo bezpečne vzlietlo a dvojica sa nikdy nedozvedela, že sa stali terčom útoku.

***

Tretia a posledná horiaca guľa vyletela smerom na Phoenix v Arizone. Lietala dookola a hodiny hľadala svoj cieľ, ale nedokázala ho nájsť.

Malá Dorrit bola výnimočný jednorožec, mala k dispozícii štít proti odhaleniu a ten bol vždy v pohotovosti. Ochrana jej pasažierov bola napokon kľúčovou úlohou Little Dorrit.

Po bezcieľnom lietaní okolo sa horiaca guľa namiesto toho, aby sa rýchlosťou rozpadla, zväčšovala, až mala veľkosť kométy. Potom sa vrátila domov k svojim právoplatným majiteľom - Fúriám.

Horiaci objekt, ktorý nerozoznával priateľa od nepriateľa, naháňal vrieskajúcich Fúrií po Údolí smrti celé hodiny. Utekali ako o život, až kým Tisi nevyčarovala kúzlo.

Najprv sa guľa zastavila vo vzduchu a tri bohyne s uspokojením sledovali, ako padá do kotla a je zaliata hubovým gulášom.

Alli k nej priletela a zovrela vrchnák.

Potom Fúrie hodili hlavy dozadu a hekali na ňu, ako tancovali, spievali a smiali sa.

Až kým sa v kotlíku neozval praskot. Ako zrnká popcornu, ktoré sa zahrievajú. Zvuky boli čoraz hlasnejšie, ako sa veko kotla zvnútra premáčalo a nakoniec sa zdvihlo natoľko, aby mohli novovzniknuté ohnivé gule uniknúť.

Malé ohnivé guľôčky, ktoré nemali kam ísť, sa zamerali na Fúrie a prenasledovali ich, keď jedna po druhej vyprchali.

Spievajúce, vyčerpané a podráždené tri bohyne volali na Eriela, aby im prišiel na pomoc, ale pri tejto príležitosti neodpovedal.

$$* * *$$

Keď letel po oblohe sám, pretože Lachie a Baby cestovali pomalšie kvôli Babyho vedľajším účinkom po prehltnutí ohnivej gule, E-Z zhodnotil svoj tím. Niekoľkokrát na fronte dostal esemesky, ktoré potvrdzovali, že myslia aj naňho.

Lia poslala správu, ktorá potvrdzovala Brandyine schopnosti, a Alfred urobil to isté, čo sa týka Harutových schopností.

E-Z im to neopätoval tým, že by im oznámil Lachieho schopnosti. Namiesto toho si chcel veci prejsť, aby zistil, ako sa jemu a schopnostiam jeho sedemčlenného tímu (vrátane Charlesa) bude dariť proti trom mocným, ale zlým bohyniam.

V duchu si urobil inventúru a pripomenul si prednosti svojho tímu:

Ja môžem lietať, moja stolička tiež. Sme nepriestrelní a ja som super silný. Som dobrý vodca, som inteligentný a mám silnú empatiu.

Lia je podnetná, empatická, milá, inteligentná a dokáže čítať myšlienky a do budúcnosti.

Alfred je silne mysliaci, inteligentný a ako najstarší člen múdry vekom. Je empatický, niekedy dokáže čítať myšlienky a vie liečiť chorých.

Lachie komunikuje so stvoreniami. Je samotár, ale to nie je jeho chyba. Je empatický, inteligentný. Vie, ako prežiť napriek všetkému, a jeho maskovacie schopnosti sa mu budú hodiť.

Haruto je najmladší, ale je to človek, ktorý prežije. Dokáže sa zatočiť s neviditeľnosťou.

Brandy zomrela - niekoľkokrát - a opäť ožila. Určite je to preživšia žena.

V neposlednom rade je to Charles Dickens. Jeho schopnosti sú neznáme. Je však inteligentný, empatický a dokáže sa prispôsobiť.

Pomocou svojho telefónu, keď mal dosť čiarok, vyhľadal na internete historické dokumenty, aby zistil, aké schopnosti by Fúrie priniesli:

Nadľudská sila.

Výdrž vrátane vysokej tolerancie voči bolesti.

Životaschopnosť.

Obratnosť podobná pavúčej.

Odolnosť voči zraneniam a superrýchle liečivé schopnosti.

Let.

Premena podoby - do podoby inej osoby.

Neviditeľnosť.

Svojim obetiam mohli spôsobovať bolesť.

Meg mohla vylučovať parazity. FUJ.

Počkajte chvíľu, píše sa tu, že Fúrie v minulosti predstavovali spravodlivosť. Píše sa tam, že v minulosti ubližovali len zlým a vinným... že dobrí a nevinní sa nemali čoho báť. Tak čo sa zmenilo? Prečo cítili potrebu zabíjať nevinné deti a používať na to hru?

Čítal ďalej a premýšľal, ako presne zabíjali deti. Podľa legendy Fúrie nikdy fyzicky neublížili žiadnemu z previnilcov. Namiesto toho používali pocit viny - aby ich priviedli k šialenstvu.

Spomenul si na chlapca, ktorý sa ho pokúsil zastreliť. Presvedčili ho, že ak neurobí, čo mu povedali, ublížia jeho rodine. Rozmýšľal, kde je ten chlapec teraz. Bol v jednom z Lovcov duší?

Pokračoval v pátraní, aby zistil, či sú Fúrie schopné milosrdenstva, a nenašiel o tom žiadny dôkaz.

K zoznamu pridal niečo, čo už vedeli - Fúrie boli smrteľníci. To je jedna vec, ktorú mali so zlými bohyňami spoločnú, a on a jeho tím budú musieť nájsť spôsob, ako to využiť vo svoj prospech.

Lachie a Baby dobehli E-Z.

„Ako sa má Baby?" spýtal sa.

„Už sa mu darí lepšie," odpovedal Lachie.

Baby zaklonil hlavu, vydal zo seba rev a zrýchlil vpred.

„Počkaj na mňa!" E-Z zakričal.

KAPITOLA 8
FURIES

S ošpinavým pocitom nádeje, ktorý stále smrdel vo vzduchu, Fúrie čakali. Opravili si spálené šaty a upravili spálené vlasy. Hady našťastie zostali nezranené. Aby boli reprezentatívne pre príchod ich blížiaceho sa hosťa.

Bol to ich dobrodinec. Ten, ktorý ich priviedol späť na zem. Navrhol im, aby si zriadili základňu v neodhaliteľnom srdci Údolia smrti.

Pred zlyhaním ohnivej gule videli znamenia. Znamenia, že všetko sa teraz obracia proti nim. Zmena bola dobrá, ale len ak ju mali pod kontrolou. Ich čas sa blížil. Museli byť pripravení na pohyb. Veci sa obracali v ich prospech. Museli na to len čakať. Potom byť pripravení na útok.

„Eriel," zasyčala Meg.

Archanjel, ich milovaný vodca, konečne dorazil.

„Čo je nové?" Tisi sa spýtala. „Sme znechutené zo všetkej tej nádeje, čo visí vo vzduchu." "Čože?

„Áno, tieto veci s nádejou nás dostávajú na dno." Tisi a Allie spievali, keď tancovali okolo horiaceho ohňa.

Pozoroval ich, tancovali nahé ako banshee. Pukali bičmi, zatiaľ čo hady, ktoré mali namiesto rúk a vlasov, sa kĺzali a náhodne pľuli.

Eriel sa na ne zniesol ako čierny mrak, pristál a potom zložil krídla do závoja. Vďaka jeho obrovskej postave vyzerali Fúrie ako bábky. Postavil sa s rukami na bokoch, potom si kľakol na jedno koleno, aby sa dostal na rovnakú úroveň ako oni. Bol to jeho spôsob, ako sa znížiť na ich úroveň a zároveň zostať nad nimi. Chcel, aby vedeli, že pracujú pre neho, a nie naopak. Bol unavený z toho, že to sestrám stále zdôrazňoval, a predsa sa obával, že je to jediný spôsob, ako ich udržať na uzde.

„Nie je žiadna nádej - nie teraz, keď spolupracujeme," povedal Eriel. „A nesmi sa. No, hádam sa smiať môžeš. Tak som to urobila, keď som sa prvýkrát dozvedela, že na teba posielajú tím detí, aby ťa zabili."

Fúrie boli hysterické. Ich hlasy sa ozývali po celom Údolí smrti a plašili všetky vtáky.

„Tí idioti!" Meg povedala.

„Zjeme tie deti, na raňajky, obed aj večeru," povedala Tisi a oblizla si pery.

„My deti nejeme," povedala Alli. „Ale ty si vtipná, sestrička. Všetko, čo chceme, sú ich duše. A ja si neviem spomenúť, PREČO ich chceme. Vysvetli mi to ešte raz, drahá sestrička."

Meg povedala: „Plníme Erielov príkaz. Chce Lovcov duší a my ich preňho získavame. Keď splníme jeho požiadavky, budeme opäť Dcéry Nyx - Láskavé - a budeme vládnuť noci a robiť si, čo sa nám zachce."

„Ak teda budem chcieť ochutnať jedno z detí - budem môcť, však?" Tisi sa spýtala. „Vždy ma zaujímalo, ako by chutili." „A ako by chutili? Prevrátila oči a pričuchla k vzduchu. Had na jej hlave sa vrhol k nemu.

Eriel sa vysmieval. „Toto nie sú obyčajné deti, ako tie, ktoré prenasleduješ v hre. Toto sú nadané deti, s mocou a schopnosťami. Napriek tomu ťa budem informovať a budeš potrebovať moju pomoc."

„Tvoju pomoc? Poraziť deti, obyčajné deti?!" Trojica sa zasmiala a pomocou svojich silných netopierích krídel sa vzniesla nad zem. „Porazíme ich ešte skôr, ako zaútočia." Hady súhlasne zasyčali a odplúli si.

„Tak ako sme to urobili v bielej miestnosti. Tak ako sme to urobili s ich kamarátkou Rozáliou. Nechcela nám povedať, koho za nami poslali. Chceli sme to vedieť a už nás nebavilo čakať, kým nám to poviete. Tak sme ju zobrali von," povedala Meg.

„Áno, a takmer si prezradila hru! Takisto je škoda, že ste jej dušu nenabrali a nevložili do Lapača duší," povedala Eriel. „Teraz sú tu voľné konce. Z voľných koncov sa môžu stať stopy pre tých, ktorí po nich pátrajú."

Pozreli sa na oblohu a uvideli pruh farieb podobný dúhe, ktorý sa tiahol z jednej strany na druhú. Lenže to nebola dúha, bola to energia. Energia tých, ktorých archanjeli naverbovali, aby urobili to, čo oni sami nedokázali.

„Vieme, že prichádzajú - a proti nám nebudú mať šancu!" Tisi vykríkla.

No, podarilo sa im poraziť tie infantilné ohnivé gule, ktoré ste poslali!" Eriel zvolal. „Taký úbohý a amatérsky pokus, aký to bol! Až som sa hanbil, že s vami spolupracujem! Ešte že nikto nevie o našom spojení."

So zaťatými pästami a zubami Fúrie nepostúpili, kým Alli neprelomila ľady.

„Sestry, na jeho názore na nás nezáleží. Urobili sme, čo bolo v našich silách. Stálo to za pokus. Okrem toho už máme k dispozícii množstvo duší." Zamiešala hrniec, na naberačku si nabrala trochu polievky a potom ju vypľula. „Príliš veľa soli," povedala. Pridala vodu, potom divoké huby a niekoľko malých zemiakov. „A každý deň zbierame ďalšie detské duše. Už ma nebaví čakať tu na detských superhrdinov, ktorí k nám prídu. Na to, aby sa zorganizovali. Keď sú všetci pohromade, prečo ich jednoducho nezabijeme?"

„Sestrička, musíš byť trpezlivá."

„Som unavená z trpezlivosti. Som unavená - som jednoducho a jednoducho unavená," povedala Alli. Zamiešala a po vhodení niekoľkých divokých byliniek a korenín ochutnala polievku a bola dobrá. „Večera je hotová," povedala.

„Budeš trpezlivá a nebudeš konať - pokiaľ ti nepoviem, aby si konala. Toto je moja hra a ja som ťa pozvala, aby si ju hral. Bezo mňa ste len tri zbytočné bohyne, ktoré prespia zvyšok svojho života." Kopol topánkou do piesku. „A je naozaj škoda, že musíte konzumovať ľudské jedlo. Dosť veľký pokles

- keďže teraz na prežitie potrebujete potravu. Keď budem vládnuť Zemi a všetci Lovci duší tu budú bývať, stlačíme ZEMSKÚ PAUZU. Budem vládnuť Zemi a ak budete hrať hru správne. Ak budeš robiť to, o čo ťa požiadam, budeš po mojom boku. Podieľať sa na výhre. Ak pôjdete proti mne, potom sa vrátite do prachu."

Po vyslovení slova prach roztvoril ruky a krídla, zdvihol sa nad zem a zmizol.

Fúrie si spoločne zaspievali, zatiaľ čo popíjali polievku. Hady, ktoré boli najhladnejšie, ju vylizovali, a hoci by hrniec vyčistili, stále chceli viac.

„Teraz, keď je preč," povedala Meg, "porozprávajme sa o našej vlastnej konečnej hre."

Tisi a Alli sa zakuckali.

„Eriel verí, že nás vráti do stavu bohyne, ale my nedovolíme, aby ten archanjel ovládol Zem. Kto môže povedať, že nás nenechá v prachu, keď urobíme všetku prácu? Archanjeli nie vždy dodržiavajú svoje sľuby. Ani my nemusíme dodržiavať tie svoje, však sestry?"

„Kto si myslí, že je Vyvolený?" Alli sa spýtala.

Meg sa zasmiala. „Nie je vyvolený ničím a nikým - ale my ho aj tak potrebujeme."

„Áno," povedala Tisi. „Jeho sebavedomie je jeho chybou." Znížila hlas na šepot: „Zakaždým, keď prehovorí, oslabuje sám seba. Zakaždým, keď zradí ostatných archanjelov, odovzdá o kúsok viac svojej moci."

Sestry sa opäť rozospievali:

„Krv naverbovaných detí bude zajtrajšou polievkou.

Po večeri sa budeme zabávať s hula-hopom,"

Meg sa ujala piesne,

„Bábätká, deti zlé malé a vinné ako hnoj

Povedzme si preč s ich hlavami, ak sa nám podarí všetko šťastie!"

Alli si zaspievala,

„Dcéry temnoty proti deťom, ktoré nemajú ani potuchy.

Nebo bude pršať krvou, kým skončíme!"

Kvákali a syčali, práskali bičmi a tancovali, kým mesiac stúpal na oblohe čoraz vyššie. Vyčerpaní padli na zem a spali v blate. Hady mali radšej túto polohu - a tiež spali - ako syčanie a pohyb po celú noc.

„Dobrú noc, sestričky," hovorili dookola presne tak, ako to videli robiť ľudí v seriáli The Walton's v televízii cez satelitnú anténu. Bol to jeden z ich obľúbených programov. „A ráno sa k plánu vrátime."

KAPITOLA 9
PAFHS9

Bolatosúťaž pre Sam a Samanthu, ktoré čakali, ktorá skupina detí sa vráti prvá. Víťaz by vstával s dvojčatami každý večer počas celého mesiaca, takže stávky boli vysoké.

Sam si vybrala E-Z, Lia a potom Alfreda. Samantha si vybrala Alfreda, E-Z a potom Liu.

„Ale E-Z je v Austrálii," vyhŕkla Samantha. „Tak to prehráš. Budem na teba myslieť - NIE - keď budem mesiac prespávať."

„Vybrala si si Alfréda a on letí lietadlom! Vieš, ako vždy preplnia letenky a málokedy dodržia letový poriadok. Zato E-Z môže prichádzať a odchádzať, ako sa mu zachce, a jeho vozík cestuje úžasne rýchlo! Tak vyhrám, a som si tým taká istá, že ti stávku osladím a urobím ju na šesť mesiacov. Ste pripravení zvýšiť stávku?"

Samantha zvážila túto novú ponuku. Takéto stávky by mohli manželstvu ublížiť a už teraz im chýbal spánok, keď sa obaja každú noc budili, aby sa venovali dvojčatám. Objala ho: „Nech to zostane jednoduché. Jeden mesiac."

„Kurča," povedal Sam a objal svoju ženu okolo ramien. Pobozkal ju na čelo, keď Jill vydala nárek, ku ktorému sa čoskoro pridal aj Jack. „Pôjdem," povedal.

„Poďme spolu," povedala Samantha, vzala manžela za ruku a vyrazili na chodbu.

Malá Dorritka krúžila späť maximálnou rýchlosťou.

„Nemôžeme ísť dole a dať si niečo na pitie?" Brandy sa spýtala.

„Len nie," povedala Malá Dorrit.

„Poď," povedala Lia, "bude to trvať len pár minút."

„Nechcem ťa strašiť," povedala Malá Dorrit, "ale mám zlý pocit a chcem, aby sme čo najskôr zmizli z otvoreného priestoru."

„Dobre," súhlasili obe dievčatá.

Lia, ktorá už bola takmer doma, poslala Samanthe esemesku, že o pár minút budú doma.

„Ach, obe sme sa mýlili!" povedala.

„Ale jedna z nás aj tak bude musieť každú noc vstávať k dvojčatám," povedala Sam.

„Budeme sa striedať," povedala Samantha, keď teraz, keď sa dvojčatá opäť uložili na spánok, vyšli so Sam do záhrady. Onedlho už videla malú Dorritku, ako prichádza na pristátie.

Lia a Brandy vyskočili.

„To bolo fakt super," povedala Brandy. „Vďaka, Malá Dorrit." Objala jednorožca, ktorý jej odpovedal: „Nemáš za čo."

„Áno, vďaka, že si sa o nás postarala," povedala Lia.

„Keď som sa o vás starala, boli nejaké problémy?" Opýtal sa Sam.

„Nič, čo by som nezvládla," povedala Malá Dorrit. „A teraz, ak ma chvíľu nebudete potrebovať, rada by som doniesla trochu vody a niečo na jedenie."

„Choďte," povedal Sam, "a ďakujem, že ste sa postarali o naše dievčatá."

Malá Dorrit na Sama žmurkla, potom sa rozbehla a čoskoro sa stratila z dohľadu.

Po zoznámení sa so Samom a Samanthou Brandy zavolala domov, aby dala matke vedieť, že bezpečne dorazili.

O niekoľko hodín neskôr prišli Alfred, Charles, Haruto a jeho stará mama. Tak ako predtým sa uskutočnilo predstavovanie, ku ktorému sa pridali Brandy a Lia.

„Ty predsa nemôžeš byť TEN Charles Dickens," povedala Brandy so zdvihnutým obočím. „A ty si ešte dieťa, sotva si vyliezol z plienok," povedala Harutovi, ktorý sa na to odvetil neviditeľným.

„Ups!" Brandy zvolala. „A ty, ty si veľká operená labuť! Ako nám chceš pomôcť poraziť Fúrie!"

„Po prvé," začal Alfréd, „si oveľa hrubší, ako by si mal byť. Aj taká nevychovaná labuť, ako som ja, má svoje spôsoby."

„Anata wa gakidesu!" Harutova babička povedala, čo v preklade znamená „Si spratok!".

Z neviditeľného Haruta sa ozval chichot.

Lia vstúpila do deja a ospravedlnila sa: „Ja ju zasvätím. Je v pohode. Len jej daj trochu času, aby sa usadila," povedala. „Nevedela som, až teraz, keď som sa na vlastné oči presvedčila, čo Haruto dokáže." Malému chlapcovi povedala: „Vráť sa, Haruto, prosím. Nechcela zraniť tvoje city."

„Prepáč," povedala Brandy s očami sklopenými k podlahe.

Haruto sa vrátil, pomaly sa strácal a mizol. Stál s rukou okolo babičkinho pása. Alfred a Charles sa k nim priblížili.

„Práve sme vystúpili z lietadla a sme unavení - takže, ideme sa osviežiť. Keď sa vrátime, očakávam, že jej dáte vodítko alebo kúsok lepiacej pásky cez ústa. Alebo ju naučte slušnému správaniu," povedal a odcupital na chodbu s ostatnými dvoma v závese.

„Páni!" Brandy povedala. „Len WOW! Povedala som, že ma to mrzí."

„Nie, mal pravdu," povedala Lia.

Samantha povedala: „Teraz si v našom dome a nedovolíme, aby si bola na niekoho hrubá."

Sam si založil ruky na hrudi, práve keď dvojčatá opäť začali kvíliť.

„Musia byť hladné. Neboj sa, zvládnem to," povedala Samantha, ale skôr ako odišla, pozrela na Brandy.

„Brandy, si na cudzom mieste, kde ešte nepoznáš nikoho iného ako Liu a Malú Dorrit," povedala Sam. „Ak chceš byť súčasťou tohto tímu, poraziť Fúrie - potom musíte spolupracovať. Urážanie svojich spoluhráčov nie je účinný spôsob, ako začať. Navrhoval by som, aby ste sa po ich návrate znova ospravedlnili, ako to myslíte vážne, a požiadali o možnosť začať odznova."

Brandy sa v očiach zaleskli slzy: „Len ma prekvapilo, že vidím ostatných členov tímu, s ktorými budem spolupracovať. Ale máš pravdu, znova sa ospravedlním a požiadam o ďalšiu šancu. Dúfam, že mi odpustia. Mama vždy hovorí, že som príliš otvorená pre svoje vlastné dobro."

Lia sa usmiala. „Alfréda si zamiluješ, keď ho spoznáš. Aj s Charlesom sa osobne stretávam po prvý raz. Charles je v čudnej situácii. Keď mal desať rokov, bolo to v roku 1822. Premýšľaj o tom. A prvýkrát sa stretávam aj s Harutom a jeho babičkou."

„To je šialené! Vtedy bol prezidentom James Monroe - a bol to náš piaty prezident!" Brandy zachrípla. Jemne strčila do Lii lakťom: „Mama a otec by boli super ohromení, že som si zapamätala túto informáciu! A ten chlapec, teda Haruto, no, zdá sa, že je príliš mladý na to, aby riskoval svoj život."

Lia sa zasmiala a Sam sa pridal, potom počul, že ho manželka volá na pomoc s dvojčatami, a vybehol z izby.

Charles odpovedal: „Keď som tu bol naposledy, na tróne sedel Juraj IV. Aspoň sa nemusím báť, že sa na budúci rok vrátim do chudobinca," povedal s úsmevom, ktorý rýchlo vybledol.

Lia vydala mimovoľný výkrik, zatiaľ čo Brandy sa rozplakala a povedala: „Je mi to veľmi ľúto, Charles."

„Aha, takže si už počula o robotníckych domoch," povedal. „Ale ja som tu a prežil som to a zrejme som svoje skúsenosti využil na písanie o postavách ako Oliver Twist a Malá Dorritka, aby som spomenul dve. Áno, čítal som o sebe na internete a musím vám povedať, že som dokonca urobil dojem sám na seba."

„Ešte si sa nestretla s Malým Dorritom jednorožcom," povedala Lia. „Odišla sa občerstviť, ale čoskoro sa vráti."

„Kto?" Charles sa spýtal.

Na znamenie toho sa Malá Dorrit znovu objavila krúžiac nad ich hlavami a rýchlo pristála.

„Malá Dorritka, toto je Charles Dickens. Charles, toto je Malá Dorritka," povedala Lia.

Charles onemel, keď sa k nemu priateľský jednorožec pritúlil. „Ani vo sne by mi nenapadlo, že za milión rokov stretnem jednorožca."

„Teší ma, Charles," povedala Malá Dorrit.

„A ešte k tomu múdro hovoriaci!" Charles zalapal po dychu. Mal milión otázok, ktoré by jej chcel položiť, ale tie budú musieť počkať, pretože hore na oblohe práve pristávali E-Z, Lachie a Baby. „Bdiem, alebo sa mi to zdá?" Charles sa spýtal. „Štipni ma, aby som si bol istý."

Keď Baby pristála a Lachie zosadol, všade naokolo prebehlo predstavovanie, pretože E-Z sa ponáhľal dovnútra, aby použil toaletu. Keď sa vrátil, pridali sa k nim Sam a Samantha s dvojičkami v závese, Haruto a Alfred.

„Celá banda je tu," povedal Alfred.

„Môžem sa s tebou a Harutom porozprávať?" opýtala sa Brandy. Keď prikývli, povedala: „Je mi to veľmi, veľmi ľúto. Prosím, odpusťte mi moju hrubosť a dajte mi druhú šancu." Pozrela sa na svoje nohy.

„Tak začnime odznova," povedal Alfréd.

„Saikai suru," povedal Haruto a potom to preložil: "To, čo povedal."

„Anata wa yurusa rete imasu," povedala Harutova babička, čo v preklade znamená: "Je ti odpustené."

Na bábätko a malú Dorrit stojacu vedľa seba bol veľmi zvláštny pohľad. Malá Dorrit nebola malá, bola jednorožec, ktorý meral vyše osem stôp, zatiaľ čo Baby, nebol žiadnym dieťaťom, pretože meral vyše osemnásť stôp.

„Hm, myslím, že vy dvaja - narážal na Baby a Malú Dorrit - si budete musieť nájsť iné miesto na spanie, pretože záhrada nebude pre vás dvoch dosť veľká," povedal E-Z.

Malá Dorritka povedala: „Viem o jednom mieste a môžeme si kúpiť niečo chutné na jedenie a tiež vodu."

„To znie dobre," povedala Baby.

Harutova babička pohladila bábätko po hlave a spýtala sa: „Josha wa dodesu ka?", čo v preklade znamená: „Čo tak sa odviezt?"

Dieťa odpovedalo: „Tashika ni, tobinotte!", čo v preklade znamená: „Jasná vec, naskoč!"

Haruto pribehol a povedal: „Matte watashi o wasurenaide!", čo v preklade znamená: „Počkaj, nezabudni na mňa!"

Baby sa spustil dolu, aby Haruto a jeho stará mama mohli vyliezť na jeho chrbát. Odleteli a Malá Dorrit ich tesne nasledovala.

Sam povedal: „Myslím, že by sa všetci mali usadiť a zajtra sa môžete rozprávať a plánovať, ako sa vám zachce."

„Dobrý nápad," povedal E-Z, keď Baby vysadil Haruta a jeho babičku. Sobovi stáli vlasy na hlave, akoby si strčil prst do zásuvky.

Keďže Harutova babička nemala slov, Samantha ju odviedla do svojej izby. „Haruto spí v mojej izbe," povedala.

„Jasné, hneď sa vrátim." Vydala sa chodbou k izbe E-Z.

„Ako to bolo?" E-Z sa spýtal Haruta.

„Subarashi!" zvolal, čo v preklade znamená ,Fantastické!'.

„Dnes nám doviezli postieľku a niekoľko poschodových postelí," povedala Sam, "takže Haruto, Charles a Lachie, ste s E-Z a Alfrédom v ich izbe. Alfréd spí na konci E-Z-ovej postele."

„Vďaka," povedal E-Z, keď zamierili do jeho izby. „A mimochodom," povedal, keď osameli, "mal niekto z vás cestou späť problémy?"

Alfréd povedal, že nie.

„A čo ty, Lia?" spýtal sa v duchu.

„Nie."

„Tak čo sa stalo?" Alfred sa spýtal.

„No, na našej stope bola ohnivá guľa." "To je pravda.

Lia zalapala po dychu.

„Ale vďaka Babyho pohotovému uvažovaniu sme ju zničili."

„Ako sa mu ju podarilo zničiť?" Alfred sa spýtal.

„Baby ju prehltol a potom ju hodil do oceánu."

„To je desivé," povedal Haruto.

„Stále mám o Babyho trochu strach," povedal E-Z, "pretože cestou späť som si všimol, že niekoľkokrát zakašľal a kýchol."

Lachie povedala: „Z úst a nosných dierok mu dokonca vyletela jedna iskra. Hovorí, že je v poriadku, ale pozorne ho sledujem."

„Nemôžeme ho predsa vziať k veterinárovi, nie?" "Áno. Alfréd povedal.

Haruto sa zasmial a rozosmial sa.

„Čo je na tom také smiešne?" E-Z sa spýtal.

„Hyoryu Doragon," povedal. „Hyoryu Doragon!" - čo v preklade znamená dračí zverolekár - a znova zreval od smiechu.

Alfréd a E-Z pokrčili plecami, rovnako ako Charles, ktorý zmenil tému a spýtal sa, či si ostatní myslia, že by mali vymyslieť nové meno pre svoj tím, keďže teraz ich je sedem namiesto troch.

„Možno," povedal E-Z.

„Aké sú naše kľúčové vlastnosti?" Charles sa spýtal.

„Sľub," navrhol Haruto, keď sa upokojil a prestal sa smiať.

„Ctižiadostivosť," povedal Charles.

„Viera," povedal E-Z.

„Nádej," povedal Alfréd.

Samantha niekoľko minút počúvala za dverami. Všetci zneli dosť priateľsky, a tak sa vrátila, aby sa porozprávala s Harutovou babičkou.

„Haruto sa usadil s ostatnými chlapcami a rozprávajú sa. Ak chceš, môžeš ho sem zajtra nasťahovať. Má tam svoju vlastnú postieľku. Plánovali nové meno pre svoj superhrdinský tím - tak som nechcela rušiť ich brainstorming."

Harutova babička prikývla: „Ďakujem."

Lia a Brandy sa teraz zapojili do rozhovoru medzi izbami.

„Sila x 7," navrhli dievčatá.

„Hm, niekedy dokáže čítať naše myšlienky," potvrdil E-Z.

„A čo PAFHS7?" zvolal Charles.

„Páči sa mi to," povedal E-Z, „ale nezabúdame na dvoch kľúčových členov nášho tímu? Mám na mysli Malú Dorrit a Baby. Sú to neoddeliteľní členovia a už nám párkrát zachránili zadky."

Alfréd zopakoval tie slová, rovnako ako Haruto.

„A čo PAFHS9!" Lia a Brandy sa rozospievali.

PAFHS9 si nemohli pomôcť, smiali sa - až kým nepočuli, ako sa im niekto prechádza po streche nad hlavami.

„Čo to, dočerta, bolo?" Spýtala sa E-Z.

„Yoo-hoo! To sme my!" Rafael povedal. „Eriel a ja.

KAPITOLA 10
HLUK NA STRECHE

Keď savžupane vypotácal von, aby preskúmal hluk na streche, napadlo ho, či Vianoce neprišli predčasne. Nevidel, kto je tam hore, kým nestál uprostred trávnika pred domom.

„Pššš!" zašepkal. „Práve sme uspali deti."

Archanjeli neodpovedali. Namiesto toho zvesili hlavy ako dve pokarhané deti.

„Chceli by ste ísť dovnútra?" spýtal sa.

„Ďakujem, veľmi pekne," odpovedal Rafael.

POOF

POW

Ona a Eriel zmizli.

Sam sa z trávnika hneď nepohol. Nohy mal mokré od rosy na tráve, a keď si zaťal päste do vreciek županu, zbadal Malú Dorrit a Baby, ako krúžia okolo domu.

„Je tam dole všetko v poriadku?" Malá Dorritka sa spýtala.

„Áno," povedal Sam, "ale pre istotu nechoď ďaleko. Ak budeme potrebovať pomoc, zapískam." Zamával a potom opäť vošiel do domu, ktorý bol teraz plný hlasov a škrabania stoličiek. Zaťal zuby a dúfal, že dvojčatá tvrdo spia. Teraz v kuchyni si všimol, že všetci okrem Harutovej babičky sú hore a na nohách.

Rafael, ktorý sedel na čele stola, teraz pripomínal ženu, ktorá bola v hoteli oblečená ako zdravotná sestra, keď Alfredovi zachránili život. Jej dlhé, splývavé šaty pripomínajúce promócie zvyšovali jej postavenie medzi ostatnými, akoby bola sediacou profesorkou alebo sudkyňou.

Eriel, naopak, zmenil svoj vzhľad, takže vyzeral ako zosnulý spevák, ktorého poznávacím znamením bolo obliecť sa od hlavy po päty do čierneho vrátane slnečných okuliarov s tmavými obrubami.

„Potrebujeme viac stoličiek?" Samantha sa spýtala.

„Myslím, že nám to stačí," povedala Sam. „Dúfam, že to nebude trvať veľmi dlho. Aha, a E-Z, ty si vezmi druhý koniec stola, keďže si náš zvolený vodca."

„Ehm, vďaka," povedal E-Z a presunul sa na svoje miesto. „Takže, čo tu, dočerta, vy dvaja robíte uprostred noci?"

Brandy sa zasmiala: „A kto povedal, že ja som tá nevychovaná?"

Lia povedala: „Pššš."

Rafael sa pozrel na každé z detí. Haruta, Charlesa, Brandy a Lachie videla po prvý raz. Všetci boli tak neuveriteľne mladí, takí odvážni. Oči sa jej zaleskli, keď jej pohľad padol na E-Z. Sklonila hlavu.

E-Z čakal, potom si uvedomil, že Rafael ho žiada, aby jej dal povolenie hovoriť. Prikývol.

Predtým, ako prehovoril, si Rafael upravil jej nové okuliare. To, že to urobila, prinútilo E-Za, aby si upravil svoje staré okuliare, ktoré si na žiadosť ich pôvodného majiteľa nikdy nezložil z tváre.

Charles, ktorý veľmi netypicky začínal byť čoraz netrpezlivejší, sa spýtal: „Madam, prečo som tu ako desaťročný chlapec, keď by som bol pre tento tím oveľa užitočnejší ako dospelý."

„TICHO!" Eriel zakričal a buchol päsťami do stola. „Máme slovo. Hovor, sestra, lebo tieto deti sú čoraz netrpezlivejšie. Ich oči sa mihajú a tryskajú po miestnosti. Akoby čakali, že ich hodíš do horúcich kadí s voskom!"

„Hrubo!" Brandy zvolala. „Ja sa ťa nebojím!"

„Ticho," zašepkala Lia.

Charles sa na Brandy usmial.

„Mala by si sa báť," povedal Eriel s úškrnom. „Veľmi sa bojím."

„Poriadok! Poriadok!" Rafael zakričal a ona počkala, kým sa všetci usadia a budú pokojnejší. „Dnes večer sme tu kvôli VÁM." Rafael to povedal trochu hlasnejšie, ako očakávala.

„Tu! Tu!" Eriel sa vmiešala.

„Ako to?" E-Z sa spýtala.

„Povie ti to, keď sa ukľudníš!" Eriel vyhlásila.

Rafael opäť počkal, kým sa opäť ozve.

„Nie je čas na fantazijné plány ani na odkladanie. Fúrie pustošia, každým dňom čoraz viac pirátskymi Lovcami duší. Vyhadzujú staré duše do otvorenej prázdnoty. Tam vonku je úplný chaos! A vytvárajú ho viac s každou sekundou, každou minútou, každou hodinou každého dňa. Skrátka, treba ich zastaviť. Okamžite."

„Ale..." Alfréd povedal: „O deťoch si sa ani nezmienil."

Eriel sa zdvihol zo stoličky. Pozrel na Alfréda a prinútil ho odvrátiť zrak. „Ešte neskončila.“

Rafael tentoraz pokračoval bez zaváhania.

„My, Eriel a ja, sme tu preto, aby sme ti poradili - bez toho, aby sme sa priamo zapojili. Naším poslaním je pomôcť vám, aby ste si pomohli zachrániť deti.“

E-Z sa to vôbec nepáčilo, vôbec nie. Udrel päsťami do stola.

„Už sme sa dohodli, že budeme bojovať proti Fúriám. Najprv sa musíme pripraviť, sformulovať plán. Keď budeme pripravení, zničíme ich. Ak ste sa sem prišli ponáhľať, tlačiť nás do boja skôr, než nastane správny čas, potom by som sa ako zvolený vodca rád stiahol. Sme len deti a vy od nás žiadate, aby sme riskovali svoje životy. Ja nie som, my nie sme ochotní postupovať vpred, kým nebudeme plne pripravení.“

Lia sa postavila prvá a začala tlieskať a zvyšok jej tímu sa pridal.

„Čo povedal,“ zahundral Alfred, keďže labute nevedia tlieskať.

„Počkaj!“ Rafael sa ozval. „Nie sme tu preto, aby sme vás tlačili, sme tu preto, aby sme vám pomohli.“

Erielova farba sa zmenila z bielej na červenú, čo bolo v extrémnom kontraste s jeho čiernym odevom. E-Z a ostatní sa pozerali, ako archanjelova pleť naďalej červená, a báli sa, že mu vybuchne hlava.

„Upokoj sa a sadni si!" Rafael prikázal. Eriel sa niekoľkokrát zhlboka nadýchol a potom klesol na svoje miesto.

Rafael zostal pokojný so vztýčenou hlavou. Odsunula stoličku a vstala. A stúpala ďalej, až kým nebola nad ostatnými. Usadila sa, akoby sa viezla na čarovnom koberci, a naklonila hlavu doprava, akoby pózovala na selfie.

„Sme oddaní vám a tejto úlohe, ale naše sily majú svoje obmedzenia. Ak poznáte príslovie 'sme tu pre vás v duchu', - tak to sme my. Dnes sme rozdrvili všetky pravidlá, keď sme prišli sem k vám domov. Urobili sme to proti odporúčaniu našich nadriadených a proti zdravému rozumu.

„Tým, že sme sem prišli, sme sa vystavili nevídaným a neznámym nebezpečenstvám, ale vy za to riziko stojíte. Preto sme sa rozhodli prísť a ponúknuť vám našu pomoc osobne."

„Takisto chápeme, že ste formulovali plán a my sme tu ako vaša zvuková doska. Môžeš si ho na nás vyskúšať, uvidíš, či bude fungovať. Ak si všimneme nejaké nedostatky, upozorníme vás na ne a pomôžeme vám."

E-Z sa pozrel na členov svojho tímu, ktorí sa opäť posadili. „Zvažujeme možnosť vtiahnuť bohyne do hry a poraziť ich tam."

„Aha, chápem," povedal Rafael. „Veríš, že ich dokážeš poraziť v ich vlastnej hre, takpovediac, chytrák. Celkom šikovné, ale obávam sa, že nie dosť šikovné."

„Ako to myslíš?"

„Prišli na to, ako manipulovať a ovládať všetkých hráčov v hernom svete. Poznajú každý trik v knihe - pretože tento priemysel im to uľahčil, keď už si v hre. Ak chcete hrať, musíte zabíjať. Ak chcete postúpiť, musíte zabíjať. Ak chcete vyhrať, musíte zabíjať.

„Vo vnútri herného sveta E-Z budete musieť zabíjať aj vy. Akonáhle tak urobíte, stanete sa spravodlivou hrou pre Fúrie. Môžu chytiť každého z vás, jedného po druhom. Nemôžete tam stáť ako tím. Tímy v rámci hry sú len ilúzie. Žiadny hráč by nebol vyňatý z ich pomstychtivého plánu.

„Pamätajte, že bohyne majú mandát - a ten spočíva v potrestaní nepotrestaných. A riadia sa ním do bodky, žiadne keby, a alebo ale. Využívajú však šedú zónu vo svoj prospech. Nič ich nemôže zastaviť - za predpokladu, že sa budú držať mandátu." Zastavila sa a pozrela na Eriela: „Chceš niečo dodať?"

„Na tvojom mieste," povedal, "by som na nich zaútočil priamo na otvorenom priestranstve. Tam a vtedy, keď to budú najmenej čakať. Dostala by si sa tak do silnej pozície a urobila by si ich zraniteľnými."

„To v prípade, že nás neuvidia alebo nevycítia, že si pre nich ideme," povedala Brandy. „Stále nechápem, ako zabíjajú deti. Musíme to vidieť, aby sme to pochopili a vedeli, proti čomu stojíme. Povedala som, že pomôžem, ale určite som očakávala konkrétnejšie informácie."

„E-Z," spýtal sa Rafael, "si ochotný vrátiť mi okuliare? Na krátky čas? S nimi ti budem môcť ukázať techniku Fúrie. Ako chytajú deti do pasce v rámci hry v reálnom čase. Brandy má pravdu, vidieť znamená veriť, ale bez svojich pôvodných okuliarov to nedokážem. To rozhodnutie môžeš urobiť len ty. Ak naozaj chcete vidieť. Ak to naozaj chceš vedieť."

„Super," povedala Brandy. „Poďme na to, E-Z."

Eriel sa pozrel na strop. „Ophaniel ma povolal. Musím ísť." Uklonil sa.

ZIP

Zmizol v noci.

E-Z si zložil červené okuliare a zložil ich, kým ich podal Rafaelovi, ktorý sa stále vznášal nad stolom. Keď po nich siahla, okuliare jej vleteli do rúk.

Rafael jej zložil nové okuliare a vyleštil staré, kým jej ich nasadil na tvár. Usmiala sa, keď ona aj všetci ostatní v miestnosti sledovali, ako sa krv hadím spôsobom pohybuje po rámoch, ako sa s ňou znovu zoznamuje.

Keď sa krv v okuliaroch vrátila k svojmu Rafaelovmu toku, nasadila si ich na tvár a potom si ich nasmerovala k stene, keď z okuliarov vyžarovali silné jasné blikajúce svetlá, aké by ste čakali, že uvidíte v kine.

„Skôr než začneme," povedal Rafael, "toto nie je pre slabé povahy. To, čo sa chystáte vidieť, má hodnotenie Sprievod pre dospelých. Myslím, že Haruto by to nemal vidieť."

Samantha povedala: „No tak, Haruto. My dvaja si môžeme pozrieť televíziu vo vedľajšej izbe."

Obaja odišli. A predstavenie sa začalo.

Na obrazovke bol malý chlapec. Mal asi sedem, možno osem rokov. Hoci bolo uprostred noci, sedel pred počítačom. Na hlave mal slúchadlá. Pred ústami mal maličký mikrofón, ktorý bol pripevnený k jeho čelenke.

„Mám ťa!" povedal. „Potrebujem už len jedno zabitie, potom sa dostanem na ďalšiu úroveň."

HHIIIIIIIIIISSSSSSSSS.

A počuli ho aj oni.

„Si vrah!"

"Zabíjajú len zlí chlapci - a ty si zlý chlapec. Vie tvoja mama, aký zlý chlapec vrah si?"

„Hrám hru," povedal. „Je to len hra, a ak nezabíjam, nemôžem postúpiť."

„Chudák chlapec," povedal E-Z.

Ticho.

Chlapec pokračoval v hre. Čoskoro prišiel čas, aby opäť zabíjal. Tentoraz zaváhal.

"Pokračuj. Raz si už zabil, vieš, že to bola zábava, tak pokračuj a zabi znova. Vieš, že to chceš."

„Nie!" povedal.

"Na tom nezáleží. Stačí nám jedno zabitie!"

Potom syčanie opäť veľmi silnelo, hlasnejšie, hlasnejšie, hlasnejšie.

„Prestaň!" zakričal.

„Prestaň, Rafael!" Lia zakričala.

„Nemôžem," odvetil archanjel. „Povedal si, že chceš vidieť, ako to robia. Ak sa niekto z vás príliš bojí, nech opustí miestnosť alebo si zakryje oči. Brandy mala pravdu, musíte to vidieť na vlastné oči. Doteraz som to nevidel ani ja."

HHIIIIIIIIIIISSSSSSSSS.

Pokračujte. Raz si už zabil, vieš, že to bola zábava, tak choď a zabíjaj znova. Vieš, že to chceš."

Pokračuj. Raz si zabil, vieš, že to bola zábava, tak choď a zabi znova. Vieš, že to chceš."

Pokračuj. Raz si zabil, vieš, že to bola zábava, tak choď a zabi znova. Vieš, že to chceš."

„La, la, la, la, la," spieval chlapec. Snažil sa zablokovať hlasy.

„Zbláznil sa," povedal jeho kamarát, ktorý tiež hral hru. „Odchádzam. Uvidíme sa zajtra v škole, Tommy."

„La, la, la, la!" Tommy pokračoval v spievaní.

Pulz sa mu zrýchlil. Tlkot jeho srdca sa zrýchlil. Búchalo a búchalo, akoby sa mu chcelo vyrvať z hrude. Nemohol dýchať. Pokúsil sa vstať, ale nohy mu zrezli.

V hlave počul hlas. Znelo to ako hlas jeho matky, ale nebol to hlas.

"Tak veľmi sa za teba hanbíme, Tommy. Nezaslúžime si mať za syna vraha!"

Druhý hlas, ktorý znel ako hlas jeho otca.

"Náš syn nie je vrah, kto si ty? Ty nie si náš syn."

Tommy sa rozplakal.

„Som vrah," povedal, keď sa zosunul zo stoličky a schúlil sa do klbka na podlahe.

Teraz sa z obrazovky ozvali ďalšie dva hlasy. Jeho brat Alex, jeho sestra Katie, spievajúci s rodičmi pieseň, pieseň, ktorá sa spievala na populárnu detskú melódiu o morušovom kríku. Ich verzia znela takto:

„Tommy je mur-der-er; mur-der-er, mur-der-er, mur-der-er, Tommy je mur-der-er, A my ho už nemáme radi."

Chudák Tommy bol teraz úplne sám.

„Nevzdávaj sa," zakričala Lia, hoci vedela, že ju nepočuje.

Na podlahe, zvinutý do klbka, si predstavoval, ako okolo neho tancujú mama, otec, sestra a brat. Krúžili okolo neho ako sup, ktorý krúži okolo svojej koristi.

„Tommy je mur-der-er; mur-der-er, mur-der-er, mur-der-er, Tommy je mur-der-er, A my ho už nemáme radi."

Tommyho srdiečko bolo zlomené. Vytlačilo sa z jeho tela a odletelo preč.

Fúrie ho chytili a strčili do lapača duší. Zabuchli dvere.

Rafael si zložil okuliare. Okamžite sa skončil nástenný projektor. Keď podávala okuliare späť E-Z, po líci sa jej skotúľala slza.

Ticho okolo stola bolo ohlušujúce.

„Čarodejnice, o ktorých písal Shakespeare v Macbethovi, vyzerajú milo," povedal Alfred.

„Nechápem, ako im moja schopnosť maskovať sa alebo hovoriť so zvieratami pomôže, nieto proti nim," povedal Lachie.

„Zabila by som jedného, zomrela, vrátila sa, zabila druhého, zomrela, vrátila sa a zabila tretieho," povedala Brandy. „Nechajte ma, aby som ich dostala do rúk!"

„Počkaj chvíľu," povedal E-Z. „Teraz, keď sme to videli, sa o tom musíme porozprávať. Skôr než sa do toho ponoríme. Možno by sme mali znovu hlasovať? Naša účasť musí byť jednomyseľná."

Ozval sa Sam. „Nemusíš sa hanbiť, povedať nie. Nikto vás neurčil za záchrancov sveta."

„Má pravdu," povedal Rafael. „Nikto vás nevymenoval - a predsa nie je nikto iný, kto by to mohol urobiť."

„Prečo to nemôžete urobiť vy, archanjeli?" Brandy sa spýtala.

„Vyskúšali sme všetko, čo sme vedeli, a neuspeli sme. Preto sme prišli za vami," povedal Rafael. „A jednu vec vám chcem všetkým objasniť... Ak niekedy nastane chvíľa, keď sa budete báť, že sa blíži koniec, práve vtedy vám prídeme na pomoc."

„Ako nám teda chcete pomôcť, keď ste nám práve povedali, že ste zbytoční?" Charles sa spýtal.

„Práve na to som sa chcela spýtať," povedala Brandy.

„Ak, keď, sa blíži koniec... my archanjeli dostaneme iné sily. Kým ich nebudeme potrebovať, tieto sily spia hlboko v útrobách zeme.

„Medzitým, E-Z, poznáš čarovné slová na privolanie Eriela na svoju stranu. Tie isté slová privedú mňa a ostatných, ak nás budeš potrebovať.

„My prídeme. Budeme bojovať po tvojom boku. Ale prosím ťa, nepremárni to volanie. Aby sa starodávne sily prebudili, musí existovať neklamný dôkaz, že sa blíži koniec ľudskej rasy."

„A čo ak vás zavoláme a sily, o ktorých hovoríte, neprídu. Čo potom?" E-Z sa spýtal.

„Potom zomrieme spolu s vami." „A čo?

E-Z udrel päsťami do stola.

„Keď ich vidím v akcii, tak mi vrie krv v žilách. Musíme ich poraziť.“

„Tu! Tu!“ Charles zakričal.

„Ale najprv,“ povedal Sam, „musíš to povedať týmto deťom, než ich pošleš do boja. Povedz im presne, ako si sa ty a ostatní archanjeli pokúšali poraziť Fúrie.“

„Nastražili sme na ne pascu, keď sme zistili, že sa vrátili. Zradila nás, prezradila nás a oni sa potom presunuli do Údolia smrti. Údolie smrti je teraz pre archanjelov mimo dosahu.“

„Mimo hraníc? Kto to tak urobil?“

„To je otázka, na ktorú nedokážem odpovedať. Viem len to, že tím nesmierne mocných archanjelov nedokázal prelomiť ochranné bariéry, ktoré tam postavili.“

„To je všetko?“ Brandy sa spýtala. „To je všetko, čo ste vyskúšali, a teraz chcete, aby sme to prevzali my. Skutočne.“

Rafael si položil ruky na boky: „Sme archanjeli a naše sily na Zemi sú obmedzené.“ „To je pravda. „Naše sily sú obmedzené aj inde.“ Zasmiala sa.

„Dobre, dobre,“ povedal E-Z. „Chápeme to. Nemáme na výber, vlastne ani nie, ale nechaj to na nás.“

„Dobre," povedal Rafael. „Ale skôr než odídem, Charles, chcel som ti odpovedať na tvoju otázku. Archanjeli ťa neprivolali ani neprepustili. Veríme, že tvoja prítomnosť tu je náhodná.

„Myslíme si, že ani Fúrie o tebe nevedia. Možno si tajná zbraň. Možno máš v sebe obrovskú moc.

„Povedal si, že si si želal, aby ťa priviedli späť ako dospelého muža. Tvoj dnešný vek je významný. Veríme, že deti majú v rukách budúcnosť ľudskej rasy. Iba deti môžu poraziť čisté zlo."

„Ale prečo len deti?" Charles sa spýtal.

„Pretože sa rodia s čistým srdcom," povedal Rafael.

Charles sa na svojom mieste posadil o čosi vyššie.

Rafael pokračoval: „Charles Dickens, neboj sa experimentovať a odhaľovať svoje pravé ja. Vo vašom vnútri sa môžu nachádzať dvere, ktoré môžete otvoriť len vy. Kľúč.

„Už samotný fakt, že medzi tebou, E-Z a Samom existuje pokrvná línia, je významný. Nebojte sa riskovať všetko, aby ste našli tento kľúč. Si tu, aby si pomohol zachrániť ľudstvo. O tom niet pochýb. Využi svoj čas, ktorý tu strávíš, múdro. Urobte zmenu."

Charles sa rozplakal, pretože až doteraz; sa cítil zbytočný. Ostatní ho utešovali a upokojovali.

„Veľa šťastia vám všetkým," povedal Rafael.

POW.

A bola preč.

„Keď to prežijeme," povedala Lia, „a my to prežijeme, usporiadame najväčšiu oslavu víťazstva v histórii."

„Charles," povedal E-Z. „Ak má Rafael pravdu, mohol by si byť najdôležitejším členom tímu. Prosím, nájdi si čas na malé hľadanie v duši."

„Ako sa to robí, hľadanie duše?" spýtal sa.

„Jedným zo spôsobov je meditácia," povedala Brandy.

„Alebo prechádzka v prírode," povedal Lachie.

„Čas osamote, len tak premýšľať," ponúkol Alfred.

„Poďme sa trochu vyspať a v tejto diskusii budeme pokračovať ráno," povedal E-Z.

„Nemysli si, že sa po tom, čo som sledovala chudáka Tommyho, veľmi nevyspím," povedala Lia. „Bolo to ešte horšie, ako som si predstavovala."

„Áno, chudáčik Tommy," súhlasil Alfréd.

„Takže, všetci sú stále vnútri?" Spýtal sa E-Z.

Od všetkých zaznelo „ÁNO".

„A čo Haruto?"

„Myslím, že bude stále v hre," povedal E-Z, "ale všetko vysvetlím Sobovi a môže sa s ním porozprávať. Úplne by som pochopil, keby sa rozhodol odhlásiť."

„Myslím si však, že to neurobia," povedala Samantha. „Haruto spí. Hanbil sa, lebo bol príliš mladý na to, aby videl to, čo ty. Akoby bol menej dôležitým členom tímu."

„Urobila si správne, keď si ho zobrala z miestnosti," povedala Sam. „To, čoho sme boli svedkami, bolo hrozné."

„Súhlasím," povedal E-Z.

Charles povedal: „Takže je to všetko za jedného a jeden za všetkých. Presne ako v Troch mušketieroch."

„Vždy som tú knihu miloval!" Alfréd povedal.

Aj v tých najhorších situáciách knihy vždy ťahali ľudí za jeden povraz. Každý člen PAFHS9 dúfal, že je to jedna vec na svete, ktorá sa nikdy nezmení.

KAPITOLA 11
DEJA VU

E-Z a Sam už nemali veľa času pre seba, ale ani jeden z nich sa na to nesťažoval. Samantha sa obávala, že strácajú kontakt, a bola rozhodnutá napraviť to tým, že ich prekvapí raňajkami pre ranné vtáčatá v kaviarni Ann.

Do kuchyne prišli v rovnakom čase - keďže obaja dostali esemesky, aby sa obliekli a okamžite prišli do kuchyne.

„Čo sa deje?" Spýtal sa Sam.

„Áno, čo sa deje?" E-Z sa spýtal.

„Nič sa nedeje," povedala Samantha. „Vy dvaja máte rezerváciu u Anny, tak tam hneď choďte - skôr, ako sa všetci zobudia a budú sa chcieť k vám pridať."

Sam pobozkal svoju ženu.

„Myslela som si, že je načase, aby ste aj vy spolu opäť raňajkovali."

E-Z Samanthu silno objal.

„Urobíme si tam vlastnú cestu?"

„Určite, strýko Sam."

Sam vzal svoj batoh s notebookom a vyrazili.

Bolo krásne jarné ráno s množstvom vtáčieho spevu, ktorý im cestou do kaviarne robil serenády.

„Tá tvoja žena je celkom výnimočná."

„Áno, je jedna z milióna."

Čoskoro dorazili do kaviarne. Bola takmer prázdna a Ann nebolo nikde vidieť, ale E-Z spoznal jej sestru Emily. Nevidel ju od čias, keď bol ešte malý chlapec.

„Veľa si sa nezmenil," povedala Emily a hodila sa mu okolo krku.

„Ani ty si sa nezmenil," povedal E-Z tlmeným hlasom, keď ho dusila vo svojom objemnom svetri. „A toto je strýko Sam."

„Vidím tú podobnosť," povedala Emily a pevne mu podala ruku. „Mám pre teba perfektný stôl, nasleduj ma."

Keď prechádzali okolo ich zvyčajného stola, zaváhal a pozrel na strýka. „Nebude ti vadiť, ak si namiesto neho sadneme k tomuto, Emily?"

„Jasná vec!" Emily položila príbor a podala mu jedálny lístok. „Kávu?" Sam prikývol, naliala mu plný hrnček horúcej pary.

„Dáš si ako zvyčajne?" spýtala sa E-Z. Moja sestra mi povedala, aké by mohli byť."

„Určite."

„A bol to čokoládový hustý koktail, nemám pravdu?"

Bola na mieste.

„A ty, Sam?" spýtala sa. „Čo si dnes dáš?"

„Nech sú to dve z toho, čo si dáva môj synovec," povedal, "ale podržte ten hustý koktail. Káva je jediný nápoj, ktorý dnes ráno potrebujem."

„Správne!" povedala a odišla do kuchyne.

Sam otvoril svoj notebook a potom ho opäť zavrel.

„Je príjemné prísť na miesto, kde je všetko stále rovnaké," povedal E-Z.

„Mala by som sem jedného dňa priviesť Sama a dvojčatá. Rád by som podporil miestne podniky a je to dobrý príklad pre Jacka a Jill."

„Určite. Na toto miesto mám len dobré spomienky," povedal E-Z. „Ale jedného dňa sa chystám vyjsť v ústrety a objednať si niečo iné. Musím ísť mojim bratrancom dobrým príkladom, však?"

Sam sa zasmial a potom sa napil kávy. O chvíľu neskôr prišla Emily a znova naplnila šálku. „Akoby mala oči vzadu v hlave."

E-Z sa zasmiala. V mysli mu vírila istá téma, o ktorej chcel diskutovať: Fúrie. Zároveň sa nechcel hneď púšťať do ťažkej konverzácie.

„Takže." Moja žena bude mať plný dom hostí, ktorých bude musieť nakŕmiť, keď všetci vstanú.

„Sobo jej pomôže."

„To je pravda, ale nemyslím si, že by sme to mali využiť. Bol by som rád, keby sme si to mohli zopakovať, ak vieš, čo mám na mysli."

„Určite. Takže sa do toho pustime."

Sam znova otvoril svoj notebook. Tentoraz ho zapol a napísal do vyhľadávača:

Ako poraziť Fúrie.

E-Z prikývol, keď pred neho položil svoj koktail. Okamžite sa pokúsil usrknúť trochu svojho hustého kokteilu, ale bol príliš hustý na to, aby cez slamku niečo dostal - čo bolo presne tak, ako to mal rád. „Je niečo užitočné?"

„Píše sa tu, že Erinyes - alebo Fúrie - sa dajú upokojiť len rituálnou očistou."

„Čo to znamená?"

„Myslím, že to znamená, že by si musel vykonať nejaký skutok - na ich žiadosť, ako zadosťučinenie."

„Neznamená pokánie to isté ako pokánie? To sa mi nepáči," povedal E-Z. „Neurobili sme nič, za čo by sme sa im mali odčiniť."

„Môže to znamenať aj Vykúpenie. Odplatu. Odčinenie. Reštitúcia."

„Štyri R, to je chytľavé, ale znova sa pýtam, za čo im to budeme splácat?

„Premýšľaj nad tým," povedal Sam. „Čo keby ste mohli urobiť niečo, čo by ich povzbudilo, aby sa vybrali na výlet a nechali deti a lovcov duší na pokoji?"

E-Z sa zasmial. „Keby existoval spôsob, bolo by to perfektné. Takisto príliš jednoduché."

Sam sa poškrabal na hlave. „Tu sa píše, že Fúrie trestali mužov a ženy za zločiny po smrti a počas ich života. Čo robia aj teraz - deti, nie dospelí. To som nevedel."

„Nechápem však, prečo. Prečo sa vrátili práve teraz? Čo sa zmenilo..."

„Všetko výborné otázky, na ktoré neviem odpovedať," povedal Sam. „Ale, och, je tu niečo zaujímavé. Píše sa tam, že ako bohyne osudu zabránili človeku, aby sa dozvedel o budúcnosti."

„Ako presne?"

„To sa tam nepíše," povedal Sam, práve keď Emily opäť prišla osviežiť jeho šálku kávy. „Len trochu," povedal. Bál sa, že ak si dá ešte jednu kávu, odpláva domov.

„Tvoje raňajky budú o chvíľu," povedala. „Dúfam, že si hladný!"

„Určite áno," povedal E-Z, keď sa znova pokúsil vypiť hustý koktail a trochu sa mu podarilo dostať ho hore cez slamku.

Emily sa usmiala a potom išla pozdraviť nových zákazníkov.

„Pred tým všetkým," povedal Sam, "som o The Furies nikdy nepočul. Tu sa píše, že v gréckej aj rímskej mytológii to boli duchovia spravodlivosti a pomsty. Ich ďalšie meno Erinyes znamená rozhnevané." Posunul sa nadol. „Vidím niekoľko zmienok v hernom svete. Žiadne z prídavných mien, ktoré sa na ich opis používajú, nie je v rozpore s tým, čo už vieme, teda že Fúrie sú zlé zlovestné bytosti, ktoré nemajú zľutovanie."

„Želám si, aby sa PJ a Arden vrátili s nami. Vsadím sa, že s ich znalosťami o čarodejníckej hre by vedeli, čo robiť. Odkedy sme ich stratili, kopem sa do seba, že som stratila kontakt. Všetko preto, že som sa príliš zahľadel do seba a stal sa superhrdinom. Títo chlapci mi určite chýbajú."

„Oni by nechceli, aby si si kopol. A mne tiež chýbajú."

Emily položila jedlo na stôl: „Dobrú chuť!" povedala.

E-Z a Sam jedli nenásytne a chvíľu sa nerozprávali. Po mnohých zvukoch pôžitku z jedla pokračovali v rozhovore.

„Práve som premýšľala o pláne - poraziť ich vo vnútri hry. Určite to znelo dobre - alebo sme si to mysleli, kým nám Rafael nepovedal niečo iné. Je však dobre, že nám to povedala na rovinu, inak... no, nechcem ani pomyslieť na to, čo by sa mohlo stať niektorému z detí."

„Stále si myslím, že Fúrie musia mať Achillovu pätu. Pamätáš si na ten príbeh?"

„Áno, pamätám. Ak majú slabé miesto, neviem, aké to je. Vieme, že sú smrteľní ako my. Ak môžu zomrieť ako my, potom sú to aspoň rovnaké podmienky." "To je pravda.

„Zamerajme sa trochu viac na ich slabé stránky: hnev, zášť, pomstychtivosť."

„To sú tie isté veci, za ktoré trestajú ostatných, tak ako to môžu byť ich slabé stránky?" Spýtal sa E-Z, keď si do úst napchal plnú vidličku palaciniek. „Takže dobre."

Sam prikývol: „Určite sú." Znovu sa napil kávy. „Pravda, čo znamená, že by sme mohli proti nim použiť tie isté veci, za ktoré trestajú ostatných."

„Ale ako?"

„To neviem - EŠTE."

„Možno budeme potrebovať viac ako jedno takéto spoločné sedenie, aby sme si veci vyjasnili," povedal E-Z. Na stôl pred neho položil druhý tanier plný palaciniek.

„Ann mi práve zavolala a povedala, aby som sa uistila, že som ti priniesla druhú dávku palaciniek," povedala Emily.

„Vďaka. A Ann odkáž, že dúfam, že sa bude čoskoro cítiť lepšie."

„Urobím to. Ešte kávu?"

Sam prikývol, a tak mu doliala do šálky. Keď Emily odišla, povedal: „Ehm, za chvíľu som späť," a odišiel do kúpeľne.

E-Z otočil obrazovku smerom k nemu a napísal: AKO ZABIJEM FÚRIE?

Vyskočilo niekoľko odpovedí, ale všetky sa týkali toho, ako poraziť tri bohyne ako postavy v rámci herného sveta.

Sam sa vrátil. „Našiel si niečo?"

„Nič užitočné. Aj keď sa tam píše, že korene Fúrií môžu siahať až do praveku."

„No, Babyho rodokmeň tiež siaha dosť ďaleko do minulosti."

„Mal si vidieť, ako rýchlo zhltol tú ohnivú guľu! Bez sekundy zaváhania."

Keď dojedli, poďakovali Emily a rozišli sa domov. Boli takí sýti, že si mysleli, že už nikdy nebudú jesť.

„Určite bolo príjemné stráviť s vami dopoludnie," povedal E-Z. „Cítil som sa ako za starých čias."

„Určite áno. Zopakujme si to čoskoro. Medzitým budeme viac premýšľať o tom, čo sme sa dnes naučili, pretože ako hovorí staré príslovie - kde je vôľa, tam je aj cesta."

„Pravda, pravda, strýko Sam. Pravda, pravda."

KAPITOLA 12
V DOME

Keď sa vrátili do domu, Sam najprv objal svoju ženu. Bola rada, že ho vidí, ale mala plné ruky práce s prípravou raňajok.

„Som rada, že ti chutilo," prikývla Samantha.

„Môžem ti nejako pomôcť?" Sam sa spýtal, keď zhodnotil situáciu s dvojčatami.

„Všetko sa dá zvládnuť," povedala Samantha, keď za ňou dvojčatá vydali kvílenie.

Hlavne preto, že Haruto sa na chvíľu odmlčal od hrania svojej verzie hon no piku, čo v preklade znamená peekaboo. V Harutovej verzii sa tváril, potom sa veľmi rýchlo otáčal, až kým nezmizol, potom sa znova objavil a dvojčatá sa chichotali.

„To je veľmi kreatívne!" Sam povedal, keď Lachie vstúpil do úlohy zabávača.

Lachie sa hneď pustil do niekoľkých imitácií zvierat a od dvojčiat si vyslúžil nadšené ohlasy, keď sa smial ako kookaburra:

koo-koo-koo-kaa-kaa-KAA!-KAA!-KAA!

Potom prišiel na rad Charles so svojím príbehom s názvom Tri balvany.

„Iwa?" Haruto povedal, čo v preklade znamená balvany.

„Áno," povedal Charles, keď E-Z a Sam ustúpili k dverám, aby si tiež vypočuli príbeh, zatiaľ čo Alfred, Sobo, Brandy, Lia a Samantha pokračovali v príprave jedla.

„Kedysi dávno," začal Charles, "bol jeden kopec, vysoko nad Lamanšským prielivom. Na ňom bolo veľa, veľa balvanov. V skutočnosti ich bolo príliš veľa na to, aby sa dali spočítať.

„V ten deň sa na kopec rútil veľký a ťažký nákladiak, ktorý pri jazde vŕzgal a škrípal ozubenými kolesami. Keď dosiahlo vrchol, nasadilo zdvíhač balvanov, ktorý zápasil s váhou každého kusu kameňa. V priebehu niekoľkých hodín sa mu podarilo pozbierať čo najviac kameňov. Až kým sa zadná časť nákladného auta nezaplnila. Nie však preplnený. Preplnenie znamenalo, že balvany by sa pri pohybe z nákladného auta skotúľali, čomu sa bolo treba za každú cenu vyhnúť.

„Nákladiak sa spustil z kopca. Vyprázdnilo balvany do iného väčšieho nákladného auta. Nákladné auto, ktoré bolo príliš veľké na to, aby sa vôbec dostalo do kopca, a nemalo na sebe zdvíhací mechanizmus. Keď bol menší kamión opäť prázdny, vrátil sa späť do kopca. Čoskoro bol opäť plný balvanov.

„Tento proces sa opakoval niekoľkokrát, až kým väčšie nákladné auto nebolo plné až po vrchol. Všetky zostávajúce balvany bolo potrebné prepraviť v menšom nákladnom aute. Teraz, keď boli obe nákladné autá plné, bola ťažká práca hotová. Nastal teda čas obeda. A muži jedli sendviče a pili termosky plné horúceho sladkého čaju.

„Späť na vrchole útesu zostali len tri osamotené balvany. Boli smutní, pretože prišli o svojich priateľov a cítili sa odmietnutí, nechcení, nepotrební a zároveň dosť nahnevaní. Pocit príliš mnohých emócií naraz môže byť mätúci, ale zdieľanie pocitov s priateľmi, môže pomôcť, a tak tri balvany diskutovali o svojej ťažkej situácii.“

„Čo robia všetci naši priatelia?“ spýtal sa prvý balvan, ktorého meno bolo Rocky.

„Neviem," povedal druhý balvan, ktorého meno bolo Pebbles. „Možno aj oni potrebujú priateľov tam, kam idú. Určite mi budú chýbať."

„Nie," povedal tretí balvan, ktorý bol starší a múdrejší a ktorého meno bolo Craggy. „Neberú ich preč, aby videli svet. Ani aby boli ich priateľmi. Nevieš, že nás drvia, aby sme im robili cesty."

„Nie!" Rocky a Pebbles sa rozplakali. „Nemôžu našich kamarátov rozdrviť na kašu!"

„Škoda, že nezobrali aj mňa," povedal Craggy. „Som už príliš starý na to, aby som tu stále sedel v takomto nepriaznivom počasí. Drsný vietor mi preráža vonkajšiu vrstvu a nevadilo by mi, keby som svoju budúcnosť strávil ako cesta. Aspoň by som potom mal nejaký cieľ."

„Účel?" Rocky zvolal. „Ty nazývaš zmliaždenie a to, že ťa každý deň a každú noc prechádzajú vozidlá, účelom?"

„Je to lepšie ako sedieť tu, navždy len my traja. Som unavený z vetra, dažďa a všetkého ostatného," povedal Craggy.

„No, ak si taký nadšený," povedal Pebbles, "potom sa stačí zvaliť z okraja. Spadneš rovno do zadnej časti nákladiaka pod nami a odletíš spolu s ostatnými našimi kamarátmi."

„Ach, to je príliš ďaleko," povedal Rocky, keď sa dokotúľal trochu bližšie k okraju. „Naozaj nás chceš opustiť, až tak veľmi? Nemôžeš si nájsť cieľ, keď zostaneš tu s nami? Potrebujeme ťa. Si starší a múdrejší."

Craggy sa posunul k okraju a nakukol cez okraj. Bola to pravda, nákladné auto bolo priamo tam. Stieklo z neho niekoľko kvapiek potu. Buď to boli kvapky potu, alebo slzy.

„Je to strašne dlhá cesta dole," povedal Craggy. „A nebolo by odo mňa správne, keby som vás dvoch mladíkov nechal samých."

Pebbles povedal: „A čo ak ste minuli nákladiak a rozbili sa tam dole na kúsky! My by sme boli tu hore, s týmto nádherným výhľadom, a vy by ste boli tam dole úplne sami."

„Okrem toho," povedal Rocky, "jedného dňa sa po nás môžu vrátiť. Zatiaľ sa môžeme porozprávať a pokochať sa výhľadom a čerstvým vzduchom."

Pod nimi sa nákladné auto znovu rozbehlo.
CHUGGA CHUGGA VROOM, VROOM.

„Teraz alebo nikdy," povedal Craggy, keď sa kamión vzďaľoval.

„Aspoň sme spolu," povedal Rocky.

„To nie je možné." Tri balvany sa tlačili plece pri pleci. Otočili sa chrbtom k vetru, nadýchali sa čerstvého vzduchu a pozreli sa na nádherný výhľad na slnko zapadajúce na obzore.

„Ponaučenie z príbehu je," začal Charles...

Boli to posledné slová, ktoré E-Z počul, kým sa opäť ocitol v tom zatracenom sile.

KAPITOLA 13
SILO

„Vitaj späť!" povedal hlas v stene s búrlivosťou, ktorá spôsobila, že E-Zove ramená sa napli, akoby mu na nich niekto stál. Zdráhal sa odpovedať, pretočil plecia najprv dopredu a potom dozadu v nádeji, že sa mu podarí zmierniť napätie.

„DOT. DOT," ozval sa druhý hlas v stene, ale tentoraz bol hlas tichší, takmer šepot.

Otvoril ústa, aby odpovedal, ale nič mu neprišlo na um, a tak zostal ticho, okrem lámania prstov, ktoré, ako dúfal, uvoľní jeho napäté telo.

Prvý hlas sa upokojujúcejším tónom spýtal: „Vidím, že sa cítiš napätý, znepokojený. Je niečo, čo ti môžem dať na skrátenie času počas čakania? Nápoj? Knihu? Cestu vo vašej mysli?"

Na hlas v stene bola veľmi vnímavá, a to mu pomohlo trochu sa uvoľniť, nemal však chuť prijať jej ponuku, keďže netušil, čo by cesta mysľou zahŕňala.

„Vidím, že váhate…"

Posadil sa na stoličke rovno a vysoko a zabubnoval prstami na podrúčky, akoby sa pohupoval pri skladbe Smoke on the Water od Deep Purple. Spolu s otcom si ju zahrali na zastaranej verzii Guitar Hero a poriadne sa pri nej vyšantili. Keď si teraz na tú chvíľu spomenul, mal pocit, že jeho otec je v sile s ním.

„Si si istý, že nechceš cestu v mysli?" opýtala sa žena v stene znova. „Budeš sa mať výborne!"

Výbuch. Práve použil toto slovo v mysli, aby opísal Guitar Hero-ing so svojím otcom. Žena v stene mu nepochybne vedela čítať myšlienky.

„Ehm, čo to presne je?" spýtal sa. „Nehovorím, že to chcem skúsiť, nie kým nebudem vedieť viac o tom, čo to zahŕňa."

„Prečo, je to miesto, kam ťa môžem poslať. Špeciálne miesto, kde môžeš žiť svoj sen."

Znelo to neuveriteľne… a skôr než stihol odpovedať…

DUH DUH DUH,

DUH DUH DUH DUH

DUH DUH DUH

DUH DUH.

Bol na pódiu, hral na sólovú gitaru s kapelou, v ktorej okamžite spoznal pôvodnú Deep Purple.

Spevák, ktorý kapelu opustil, ale hral pôvodnú sólovú gitaru na Smoke in the Water, nevyzeral, že by mu vadilo, že E-Z teraz hrá jeho part, a tiež to nerobil zle. Spevák mu ukázal palec hore a potom prešiel cez pódium k miestu, kde E-Z sedel na vozíku. Spoločne zahrali niekoľko riffov, zatiaľ čo publikum kričalo, jasalo a tlieskalo. Vzápätí si uvedomil, že je opäť v sile, ale napätie, ktoré zažíval predtým, teraz úplne zmizlo.

„Ďakujem! Uh, to bolo sakramentsky fantastické! Ani neviem, ako veľa to pre mňa znamenalo. Nikdy na to nezabudnem. Nikdy!" Zaváhal a pomyslel si, že jediné, čo by to vylepšilo, by bolo, keby tam s ním na pódiu bol jeho otec.

„Mrzí ma, že som nemohol zahrnúť tvojho otca... ale to bola len ukážka. A nemáš za čo. A teraz sa pevne usaďte. Čakanie trvá jednu minútu."

„Myslím, že skutočná vec by mi potom vyrazila dych!" E-Z povedal, keď si zaklonil hlavu a znova prežíval zážitok, už sa cítil taký úplne uvoľnený, že si mohol zdriemnuť.

PFFT.

Tentoraz bola vôňa iná, mätová a ešte niečo, čo nevedel celkom presne pomenovať.

„Je to rozmarín," ozval sa hlas v stene.

„Celkom osviežujúce." Oči mal zatvorené a v duchu sa nechal unášať, keď strecha nad jeho hlavou zízala. Potriasol hlavou, otvoril oči a pripravil sa na to, čo malo prísť.

Do kovovej nádoby prenikali lúče svetla, odrážali sa a odrážali od steny k stene. Zakryl si oči, aby ich ochránil pred znepokojujúcou svetelnou šou. Keď sa odrážajúce sa svetelné lúče skončili, cez otvorenú strechu sa dovnútra prepadla postava. Aký to bol vstup. Bol to Rafael.

„Ehm, ahoj," povedal. „To bol ale vstup."

„Bol som povýšený," priznal archanjel, „a vyžaduje sa istá dávka rozkvetu. Možno v tomto prípade trochu prehnaný, ale je to relatívne nové povýšenie. Všetky povýšenia majú krivku učenia."

„Gratulujem k povýšeniu."

„Ďakujem, teraz prejdime k tomu, prečo ste tu."

„Jasná vec."

E-Z trpezlivo čakala, kým Rafael opäť prehovorí, ale nejaký čas sa tak nestalo. Namiesto toho poletovala ako vták, ktorý si prvýkrát skúša krídla. Predvádzala sa? Ak áno, prečo? Potom to zbadal, mala na sebe úplne nové okuliare. Boli väčšie, výraznejšieho vzhľadu, s väčšími rámami a hrubšími šošovkami, a vďaka nim vyzerala ako ženská verzia pána McGoo.

„Ehm, pekné okuliare," klamal.

„Neboli mojou prvou voľbou," priznal Raphael, "ale budú musieť stačiť." Pristúpila bližšie k miestu, kde sedel, a zavesila sa naňho. „Zdá sa." Zastavila sa a nepríjemne sa pohla.

SKIDOO

Prišla stolička, na ktorú si na chvíľu sadla.

SKIDOO

A bolo po nej. Opäť sa vznášala. Položila si otvorenú dlaň na bok tváre. „Upozornili nás na niekoľko vecí. Nemyslím to v kráľovskom zmysle, myslím to ako všetci archanjeli."

„Ako napríklad?"

Znovu sa zatackala.

„Mám poprosiť stenu, aby ti nastriekala levanduľu na uvoľnenie? Zdáš sa byť dosť napätá."

Vzápätí mu do tváre vrieskla: „LEVANDUĽA NA ARCHANGELOV NEPÔSOBÍ! Je to odporný, ľudský..." Zhlboka sa nadýchla. „Je mi to veľmi ľúto."

„To je v poriadku. Chápem, máš mi povedať zlé správy. Je lepšie strhnúť náplasť. Čo tým chcem povedať, povedz mi to na rovinu."

„Tak dobre. Tu to je."

E-Z sa naklonil bližšie: „Dobre, strieľaj."

Z reproduktorov v stene hrala pieseň, niečo o zastrelení šerifa.

Najprv si s ňou pohmkával: „Prestaň!" E-Z prikázal. „A povedz mi, prečo som tu."

„Chce prejsť hneď k veci," povedal si Raphael. „No tak potom je to tu. Prejdem rovno k veci."

„Dobre, urob to." E-Z povedal, že si želá, aby to urobila.

„V skratke," povedala, "Eriel bol prichytený pri čine - hral za obe strany."

„Hrajúc čo?" Potom sa mu niečo v mysli pohlo. „Nie, predsa nemôžeš mať na mysli, že nás zradil?"

Poklepala si kostnatým prstom na bradu, zatiaľ čo E-Z otváral a zatváral ústa ako mrena z vody.

„Áno. Eriel bol osobne zodpovedný za smrť tvojej priateľky Rosalie. Bol zodpovedný aj za zničenie Bielej izby. To všetko on. Všetko Eriel."

E-Z to všetko vstrebal. Chudák Rosalie. „Počkaj! Nepracoval pre teba? Teda, nemala si ho na starosti ty? Ako sa to mohlo stať na tvojej stráži? Čítala som nejaké veci o archanjeloch, ale zradiť deti, ktoré ti dobrovoľne pomáhajú, je tak nízko, ako sa len dá klesnúť. Hádam leopardi nemenia svoje škvrny."

„Nebol som zodpovedný za Eriel. Boli sme s ním spolupracovníci, kamaráti. Pracovali sme spolu a myslím, že sme sa navzájom rešpektovali. Mýlil som sa."

„A predsa ťa povýšili."

„Bol som, ale tie dve veci spolu priamo nesúviseli. Môžem ti povedať len toľko, že Eriel bol kedysi jedným z nás, teraz už nie je. Po tom, čo nás zradil, aj teba. Po tom, čo sa obrátil chrbtom svojim zásadám - všetkému, za čím si stojíme - je mimo. Myslím tým natrvalo."

E-Z sa nadýchol. „Chceš mi povedať, že Eriel nás odhalil? Tým myslím mňa a môj tím?"

„Michael, ktorý je naším vodcom, vypočúval Eriela. Chcelo to trochu námahy, aby ho prinútil prehovoriť.

Ale priznal sa, že priviedol Fúrie späť na Zem. Že ich využil na to, aby posunul svoje postavenie. Neexistuje žiadne vykúpenie. Pre Eriela neexistuje odpustenie."

„Nemám slov. Ako sa to stalo?"

„Ako?" "No, keby sme vedeli ako, potom by sme vedeli aj prečo - čo nevieme. Vieme však, že je to Eriel a Eriel vždy robí to, čo je pre neho najlepšie. Vedeli sme, že má problémy, a napriek tomu sme mu stále dávali príležitosti, aby sa osvedčil - a keď nás sklamal - odpustili sme mu a dali sme mu ďalšiu šancu a ďalšiu šancu. Stále sme v neho verili až doteraz. Skončil. Skončil."

„Skončil? Myslíš mŕtvy? Archanjeli umierajú? A prečo si mu dal toľko šancí? To nepoznáš príslovie, trikrát a dosť?"

„Áno, počul som túto baseballovú terminológiu, ale sme archanjeli a od nás všetkých sa očakáva, že zlyháme alebo sa na nejakej úrovni previníme. A s tým incidentom v rajskej záhrade máš pravdu. Naša história siaha ďaleko do minulosti... ale mysleli sme si, že sa nám darí lepšie, že sa zlepšujeme. Ja sám som patrónom mladých ľudí, ako ste vy a vaši priatelia.

„Preto som navrhol, aby sme s vami spolupracovali na porážke tých strašných Fúrií. Veď to bol Eriel, kto ma k tomu nabádal. To on ťa objavil. Ktorý k tebe poslal Hadžu a Reiki. Až do príchodu tých strašných sestier sme vám všetkým do života pridávali niečo pozitívne... Dávali sme vám zmysel. Pamätáte si na chvíle, keď ste sa chceli vzdať? Nevzdali ste sa, pretože sme vám pomohli pokračovať."

„Dobre, chápem, že Eriel je zlá. Čo to znamená pre mňa a môj tím? Podľa toho, kde sedím, bola naša misia ohrozená. Takže sme mimo a myslím, že by ste mali prejsť na plán B."

„Problém je v tom," povedal Rafael a potom sa zastavil, pretože strop nad nimi sa znova otvoril a Ophaniel priletela bez akéhokoľvek rozkvetu, keď sa k nim vznášala.

„Dlho sme sa nevideli," povedala Ophaniel smerom k E-Z. Potom na Rafaela: „Je v poriadku?"

„Áno, je. A som určite rád, že si tu, pretože chce vedieť, aký je náš plán B."

Ophaniel prikývol. „Dobre. Aby som to povedal čo najjasnejšie, nemáme plán B, ani C, ani D - pretože ty a tvoj tím ste boli všetky naše plány v jednom."

E-Z neveriacky pokrútil hlavou. „Vy archanjeli ste ešte nepočuli frázu, že netreba dávať všetky vajcia do jedného košíka?"

Ophaniel sa zasmial. „Áno, jej pôvod je od Cervantesovej postavy Dona Quijota, ale mne to nikdy nedávalo zmysel. Možno preto, že my archanjeli vajcia nejeme. Už len pri pomyslení na ich želéovitú žĺtkovitosť - fuj - sa mi chce zvracať.“

„Mne tiež,“ povedala Rafaela a zakryla si ústa chrbtom ruky. „Okrem toho, že vyzerajú nechutne, prečo by človek vôbec dával vajcia do košíka? Prečo nie do misky? Ak pripravuješ vajcia...“

„Súhlasím,“ povedal Ophaniel. „Videla som Jamieho Olivera pripravovať omeletu. Najskôr používa misku, potom ich uvarí.“

„Ach, brat a neverím, že vy archanjeli pozeráte nejakú televíziu, nieto ešte Jamieho Olivera.“ Pokrútil hlavou. „To znamená, že ak dáš všetky vajíčka spolu, na jedno miesto - napríklad do košíka, misky alebo panvice, alebo čokoľvek, čomu dávaš prednosť -, ak ten košík, misku alebo panvicu zhodíš, všetky vajíčka sa rozbijú a pokazia škrupiny - takže nebudeš mať na raňajky žiadne vajíčka.“

„Ale neznášajú sliepky vajcia každý deň? Takže ak dnes nedostaneš vajcia, jednoducho prídeš zajtra,“ povedal Ophaniel.

„Čo je to jeden deň bez vajec?“ Rafael sa spýtal.

E-Z otvoril ruku a udrel si ju o hlavu. „Argghh!" Archanjeli sa naňho pozreli a čakali, kým sa veľmi zhlboka nadýchne a potom veľmi hlasno vydýchne. „Čo budeme robiť s touto situáciou s Erielom?"

„Najprv," povedal Ophaniel, "tu sa k vám dnes na vašu špeciálnu žiadosť vracajú, bubon - vaši dvaja priatelia..."

POP

POP

Prišli Hadz a Reiki, alebo to, čo sa podobalo na dvoch rádoby anjelov. Boli začiernení od sadzí, od hlavy až po päty. Ich lístočky boli pokrútené, potrhané, niektoré boli otvorené a hore, niektoré boli mŕtve a zvädnuté. Krídla mali zvesené, akoby zabudli lietať alebo už nemali vôľu, a ich tváre, výraz v ich tvárach bol výrazom krajného zúfalstva.

„Čo sa im stalo?" spýtal sa.

Ophaniel sa priblížil k dvom vytlačeným rádoby anjelom a oni sa stiahli.

„Teraz ste v bezpečí," povedal Rafael jemným materinským hlasom, čo spôsobilo, že prepukli v plač, ktorý sa zmenil na nárek.

Ophaniel si zakryla uši, potom sa priblížila k E-Z a zašepkala. „Eriel ich dal uväzniť. Tentoraz nám chvíľu trvalo, kým sme ich našli. Chudáčikovia si nevedeli pomôcť, pretože ich zbavil moci.“

„Chudáčikovia,“ povedal E-Z.

E-Z, Ophaniel a Rafael sa otočili k tvorom. Hadz a Reiki sa pokúsili o úsmev. Ani sa k nemu nepriblížili.

Tí dvaja sa zmietali, akoby odháňali kŕdeľ supov.

„Buďte pokojní,“ povedal Ophaniel.

Hadz a Reiki sa prestali hýbať. Teraz sedeli ako dvojica špinavých bábik s očami upretými na nič a na nikoho. Boli len tieňom svojho bývalého ja.

„Nechcem byť hrubý,“ zašepkal E-Z, “ale v ich súčasnom stave nám veľmi nepomôžu. Teda ak nás dokážeš presvedčiť, aby sme za týchto okolností pokračovali v tomto pláne.“

E-Zove slová zasiahli oboch rádoby anjelov ako facka.

POP

POP

„Aká veľmi hrubá a zbytočná krutosť!“ Ophaniel vynadala predtým, ako zmizla.

ZAP

„Ukázal si nám veľmi krutú stránku svojej povahy E-Z Dickens a keby tu bola tvoja matka a otec, hanbili by sa za teba.“

„Prepáč," povedal E-Z, "ale nikdy mi nehovor o mojich rodičoch. Pre vás, archanjelov, sú neprístupní. Rozumieš?"

Rafael prikývol.

„Okrem toho som nechcel zraniť ich city. Samozrejme, môžeme ich využiť. Ak budeme musieť bojovať s Fúriami, budeme potrebovať všetku pomoc, ktorú môžeme dostať. Vráťte sa, prosím, Hadz a Reiki. Dajte mi ešte jednu šancu."

Nič.

E-Z to skúsil znova. „Vráťte sa a budete veľmi vítanými členmi nášho tímu."

POP

POP

Dvojica bola teraz čistá a upravená ako kedysi.

„Vitajte späť," povedal E-Z.

Hadz a Reiki k nemu prileteli. Každý si sadol na jedno z jeho ramien. Mimovoľne sa zachveli, vystrašení vlastnými tieňmi.

„Bude to v poriadku," povedal. „Budeme vám kryť chrbát, keď ste teraz členmi nášho tímu."

Pokúsili sa usmiať a on ocenil ich snahu.

„Takže," povedal E-Z, "čo presne o nás Eriel povedal Fúriám?"

„Povedal im, že posielame deti, aby ich porazili - to je všetko."

„To ti povedal? Ako máme vedieť, že neklame? A ako zistíme, čo je cieľom Fúrií?" "Áno.

„Myslíme si, že vieme, že konečnou hrou Fúrií a Eriela bolo ovládnuť Zem. Chystali sa zasiahnuť ZEMSKÚ PAUZU a premeniť ju na Nový Hádes, teda peklo na Zemi. Kde by mohli vládnuť tak, že by vytvorili tím duší, ktoré by im boli vydané na milosť a nemilosť. Áno, nechali by duše voľne sa pohybovať, ale akonáhle by získali slobodu - museli by sa jej vzdať."

„Prečo by súhlasili, že sa jej vzdajú?" spýtal sa.

„Pretože ľudia, dokonca ani ľudské duše nedokážu spracovať pojem slobody. Namiesto toho dávajú prednosť obmedzovaniu. Nedostatok slobody je ľudská bezpečnostná prikrývka."

„To je lož," povedal E-Z. „Tak veľmi ma to hnevá! My ľudia si dokážeme vážiť svoju slobodu. Milujeme prírodu, to, že môžeme dýchať vzduch, zdieľať svoje myšlienky a pocity s ostatnými, vážiť si svet a všetko, čo v ňom máme."

„Hneváš sa natoľko, že bojuješ za svoju slobodu a za slobodu iných?" Ophaniel povedal.

E-Z si ani nevšimol, že sa vrátila.

„Áno," povedal. „Ale povedz mi, že v tomto ich novom svete by si vybrali len duše, ktoré by mohli ovládať. Čo by sa stalo s ostatnými?"

„Navždy by sa vznášali bez domova," povedal Rafael. „V tomto ich novom svete by bol posmrtný život odstránený. Zem by bola navždy v stave pauzy. Duše by zostali v telách, ktoré by už neboli živé, ani mŕtve. Žiadne srdce by už netĺklo. Už žiadna láska ani deti, ktoré by sa narodili. Žiadne duše, ktoré by vzlietli - už nikdy - nikdy."

E-Z zostal ticho, premýšľal, všetko si to uvedomoval.

Hlas v stene sa spýtal: „Chcel by sa niekto občerstvit?"

„Nie, ďakujem," povedal, ale bol rád za vyrušenie, pretože ho vrátilo do prítomnosti. „Chápem, na čo Eriel využíval Fúrie. Faktom zostáva, že je archanjel ako ty a vedel si, že má problémy, napriek tomu si mu dával šancu za šancou, aj keď si to nezaslúžil. Takže teraz sa pýtam, prečo by sme my, ja a môj tím, mali napravovať to, čo jeden z tvojich vlastných archanjelov pokazil?"

„Pretože..." Začal Rafael.

„Ešte som neskončil," povedal E-Z. "Predtým, keď ste s Erielom navštívili môj dom, keď sa stretol s mojou rodinou a s ostatnými členmi tímu, mysleli sme si, že je na našej strane. Videl, kde žijeme. Vie o nás všetko. Kvôli nemu sme vo veľkom nebezpečenstve."

„To je pravda," povedal Ophaniel.

„Nepopierateľná a je nám to veľmi ľúto," povedal Rafael.

„Nech ich Eriel odvolá. On vytvoril tento neporiadok a mal by ho napraviť." Zovretými pästami narazil na podrúčky kresla, čo spôsobilo, že Hadz a Reiki poskočili a zachveli sa. Potľapkal rádoby anjelov po hlave. „To je v poriadku, mrzí ma, že som vás rozrušil."

„Bravo!" Hadz sa potešil.

„Hurá!" Reiki sa ozval.

Rafael a Ophaniel jednohlasne povedali: „Eriel je uväznený hlboko v útrobách zeme. Je na mieste, kam by sa nemal odvážiť vstúpiť žiadny človek. Skrátka, nedá sa k nemu dostať."

„Ale my sme raz z baní utiekli," povedala Reiki.

„Dvakrát," povedal Hadz.

„Nie je v baniach, je na inom mieste, hlbšie dole, nie tak hlboko ako v požiaroch, ale na inom mieste, kde je taká zima, že sa všetko mení na ľad, dokonca aj krv prúdiaca v žilách. Miesto, kde by žiadny človek nemohol prežiť!

„Eriel je tam tiež bezmocný, pretože jeho zbavili moci. Je pod zámkom, nikoho nevidí. Nič nepočuje. Nikdy mu nebude dovolené opustiť to miesto - NIKDY.“

„Chcem s ním hovoriť,“ povedal E-Z. „Potrebujem mu položiť otázky - otázky, na ktoré môže odpovedať len on.“

Rafael a Ophaniel zakričali: „To nemôžeš! Nesmieš!“

„V tom prípade sťahujem podporu svojho tímu. Prosím, vráťte ma do môjho domova. Haruto a ostatní sa môžu vrátiť k svojim rodinám.“ Prestal hovoriť, keď sa mu v mysli mihol záblesk PJ a Ardena. Ak by nič neurobil, uviazli by v kóme, možno navždy.

Spomenul si na všetky chvíle, keď mu pomáhali. Na jeho prvý deň, keď sa vrátil do školy na vozíčku. Na to, ako ho znovu uviedli do hry na bejzbal - mali všetkých chlapcov z tímu na ihrisku, aby ho privítali. Na to, ako mu pomohli všetko prekonať, keď mu zomreli rodičia. Po líci mu stekala slza. Zotrel si ju.

„Vezmite si ho!“ zahromžil hlas v stene.

Potom sa zrazu veľmi, veľmi ochladilo. Taká chladná, že si predstavoval, že naozaj cíti, ako sa mu krv v žilách mení na ľad.

KAPITOLA 14
ERIEL NA ĽADE

Sám. Tak veľmi sám. A taká chladná, taká veľmi chladná. Akoby bol vo vnútri vydlabanej kocky ľadu. Keď sa nadýchol, pľúca mu naplnil ľad.

Dostal sa na okraj. Nadýchol sa do nej. Zahmlilo sa to. Nebola to kocka ľadu, bola to sklenená kocka. A bola tam rukoväť. Vyzeralo to, akoby bola vyrobená z medaily. V obave, že sa mu na ňu prilepí koža, použil košeľu a otvoril ju.

To, čo bolo vnútri, bola zbierka teplých prikrývok, perín, svetrov, čiapok, rukavíc - všetkého. Siahol dovnútra a navrstvil sa.

Keď si vopchal ruky do svetra, v mysli mu preleteli spomienky na časy, keď mal podobný sveter na sebe jeho otec na lyžovačke. Bol zelený, ako tento, a na dotyk bol zvonku škrabľavý, ale vo vnútri bol teplý ako toast. Keď si ho pritiahol k sebe a zapol si prednú časť, nozdry mu naplnila dubová vôňa otcovej obľúbenej holiacej vody. cítil v ňom otcovu holiacu vodu. Zmocnil sa ho silný pocit déjà vu, keď vložil prsty do páru čiernych zamatových rukavíc - rukavíc, o ktorých prisahal, že patrili jeho otcovi. Nemohli však byť, keďže všetko bolo zničené pri požiari. Ovinul si ruky okolo seba a snažil sa zohriať. Usúdil, že jeho telo a myseľ ovládol chlad.

Odsunul niekoľko ďalších predmetov a na dne škatule objavil deku, ktorú okamžite spoznal. Ručne pletenú, jeho matkou na pohovke noc čo noc a keď bola hotová, zaujala svoje miesto - na operadle koženej pohovky. Na filmové večery a na zakrytie očí, keby sa stalo niečo strašidelné.

Zložil si rukavice a dotkol sa jej, aby zistil, či je pravá, a potom si ju prikryl na líce. Dostala sa k nemu kvetinová vôňa matkinho parfumu, upokojovala ho. Po líci mu stekala slza, keď si znova nasadil rukavice, a potom si omotal matkinu deku okolo otcovho svetra. Deku mal na sebe ako kapucňu a vnímal okolie.

Nad hlavou mu viseli, ale dolu smerovali ostrými hrotmi stalaktity z ľadu všetkých veľkostí a tvarov. Keby jeden z nich spadol, prerazili by mu vrch lebky a pokračovali by ním až k prstom na nohách. Prial si, aby mal stavebnú čiapku -

BINGO

A na hlave sa mu objavil žltý tvrdý klobúk, potom ďalší a ďalší a ďalší. Cítil sa ako Zvedavý George a usmial sa. Teraz bol pripravený na všetko.

Hľadal dvere a posúval sa popri stenách kocky. Nebolo vidieť žiadnu kľučku. Do akého väzenia ho to uvrhli?

Nakoniec našiel okraje, uprostred pravej steny. Zložil si rukavicu a nechtom poškriabal povrch niečoho, čo, ako čoskoro zistil, bolo okno. To, čo uvidel, mu na úzkosti nepridalo. Jeho kocka bola jednou z mnohých, ktoré sa tiahli pozdĺž tunela, kam až oko dovidelo. Za presklenými oknami vlastných kójí nebolo vidieť žiadnych obyvateľov.

Dýchol na sklo a napísal naň slovo „POMOC!" napísané opačne, pre prípad, že by ho niekto videl. Potom ho rýchlo vymazal, keď si spomenul, za kým prišiel: Eriel.

E-Z sa presunul pozdĺž prednej časti kocky na vzdialenejšiu stranu a opäť našiel rám, o ktorom si bol istý, že je to okno. Odškrabal povrch a čoskoro našiel toho, koho hľadal: zradcu.

Kedysi mocný archanjel vyzeral žalostne, akoby ho niekto pichol špendlíkom a vypustil z neho všetok vzduch. Jeho telo bolo pripevnené k stene. Najprv si E-Z myslel, že ho na mieste drží gravitácia alebo nejaká neviditeľná sila, ale potom si pri bližšom pohľade uvedomil, že celé Erielovo telo sa nachádza v hrubom bloku ľadu. Erielova kocka bola vytvarovaná podľa jeho tela, preto ľadová voda vypĺňala každý kút jeho postavy a on na rozdiel od E-Z nemal prístup k prikrývkam.

KLANK. CLANK. CLANK.

E-Z natiahol krk doľava, keď počul ozvenu krokov. Cítil, že tá vec sa približuje, ale nevidel ju.

CLANK. CLANK. CLANK.

E-Z pokrútil hlavou. Musel sa sústrediť, zostať v prítomnosti, a predsa zažíval ďalší zvláštny pocit déjà vu.

Myseľ mu zaletela späť k snu, ktorý mal pred časom o narodeninovej oslave s PJ a Ardenom. V tom sne prišla postava v kapucni a vydávala podobné zvuky. Ten sen bol o hľadaní stratenej bejzbalovej čiapky.

Keď sa zvuk stal ohlušujúcim, zazrel postavu, ktorá bola bojovníkom väčším ako život s krídlami veľkými ako dva dospelé javory. V jednej ruke niesol archanjel zlatý štít a v druhej meč. E-Z si zakryl oči, keď svetlo dopadlo na trup meča.

KLANK. CLANK. CLANK.

Archanjelský bojovník sa zastavil pred Erielom, ktorý nezdvihol oči, aby sa stretol s pohľadom nováčika.

Kým sa nezastavil, E-Z si nevšimol archanjelove obrovské krídla, ktoré boli počas jeho chôdze v pokoji. Teraz sa bojovník zdvihol, takže jeho a Erielove tváre boli na rovnakej úrovni.

„Máš návštevu," povedal.

Erielove oči zostali sklopené.

„Tvoje oči ma neoklamali," povedal bojovník. „Zahanbila si sa. Zahanbila si nás všetkých - a predsa ti to nie je ľúto a neľutuješ sa. Hovor so mnou. Povedz mi, prečo by som ti mal vôbec dovoliť mať návštevu."

Eriel sa naďalej díval na podlahu, keď niečo nezrozumiteľne zamrmlal.

„Hovor!" žiadal bojovník.

„Ja sa kajám!" Eriel vyprskol. „Ľutujem, že som zlyhal..."

„Ticho!" žiadal bojovník.

KLANK. CLANK. CLANK.

Bojovník teraz stál na druhej strane skla, tvárou v tvár E-Z.

„Ja som Michael," povedal.

„Ahoj, ja som E-Z." Poznal hlas toho muža. Bol to on, kto prikázal Rafaelovi a Ophanielovi, aby ho nechali hovoriť s Eriel.

„Vstaň," povedal Michael.

„Nemôžem chodiť," povedal.

„Môžeš, ak ti to poviem," prezradil Michael, "a ja to hovorím. Vstaň E-Z Dickens!"

E-Z sa cítil ako jeden z tých, ktorí sa pripravujú na uzdravenie pri televíznej bohoslužbe. Neochotne sa zdvihol zo stoličky. Nohy sa mu trochu podlamovali, väčšinou od strachu než od nedôvery. Michael bol predsa najmocnejší archanjel. O niekoľko sekúnd neskôr stál E-Z vysoko vo vnútri ľadovej steny.

„Žiadal si, aby si sa porozprával s, tou vecou, s tou spadnutou vecou tam na stene. Nepomôže ti, pretože je prehnitý až do špiku kostí. A predsa by ti mal pomôcť. MUSEL by pomôcť nám všetkým, aby sa zachránil pred premenou na ľadovú sochu - trvalú súčasť tohto miesta."

S každým vysloveným slovom Michaelovho hlasu sa E-Z cítil silnejší a istejší.

Eriel zdvihol oči.

Na sekundu v nich E-Z niečo zahliadol. Bola to porážka? Boli to výčitky svedomia?

Eriel zavrel oči, keď jeho telo ochablo v ľadovom väzení, ktoré ho držalo.

„Myslím, že omdlel," povedal E-Z.

CLANK. CLANK. CLANK.

Michael sa vrátil, aby sa bližšie pozrel na svoje ľadové väzenie. Z vrchnej časti jeho topánky sa vysunul had a začal sa plaziť k Erielovej tvári. Tá vec sa šmýkala hore, hore, s rozvetveným jazykom, ktorý sa pohyboval sem a tam, akoby túžil po krvi.

Michael povedal: „Telo môjho priateľa si razí cestu k tvojej tvári, Eriel. Neotvoríš oči a nepozdravíš?"

Eriel naozaj otvoril oči a keď videl, ako si had razí cestu hore jeho telom, vydal zo seba výkrik.

„GARUUUUUUUUUUUUUUMMMMMMM!"

Michael luskol prstami a had sa prestal pohybovať. Michael nechtom zoškrabal ľad. V ňom sa Erielovo telo rozvibrovalo. Akoby ho zasiahol elektrický prúd.

„MMMMM,hhhhh,MMMMMMM!"

„Prestaň!" E-Z zakričal a zakryl si uši. „Prosím!"

Michael prestal škriabať. Zdvihol ruku a had sa ovinul a vkĺzol späť do vnútra jeho topánky.

„Tento chlapec ti preukazuje milosrdenstvo, Eriel. Je to viac, ako si zaslúžiš."

Eriel naďalej zúfalo stonal.

Michael pokračoval a obrátil sa k E-Z: „Dám ti päť minút na to, aby si Erielovi položil všetky otázky, ktoré by si mohol mať."

Potom k Erielovi: „Môžeme ťa prinútiť, aby si s ním hovoril, ale bol by som radšej, keby si sa mu rozhodol pomôcť z vlastnej vôle. Kedysi dávno ste sa rozhodli zachrániť život tohto mladého chlapca. On na oplátku splatil svoj dlh. Teraz si nás zradil a musíš si znovu získať našu dôveru."

Michael zdvihol nohu a kopol do ľadovej štruktúry, v ktorej bol Eriel uzavretý. Tá sa zatriasla, ale nepraskla ani sa neroztrieštila.

„Hnusíš sa mi! Očakávaš, že tento ľudský chlapec napraví tvoje chyby. Že vlastne napraví tvoje chyby. Napriek tomu ti chce dať šancu odpovedať na jeho otázky. Tak mu pomôž. Toto je tvoja jediná šanca, jediná príležitosť dokázať nám, že v sebe ešte stále máš niečo, čo stojí za záchranu. Nejakú časť teba, ktorá ešte nezhnila až do špiku kostí."

Eriel zdvihol oči: „Pane." Opäť ich sklopil.

„Môže ti byť odpustené, ale ak sa rozhodneš mu nepomôcť – tvoju nespoluprácu si náležite všimneme.“

Erielove oči zostali upreté na podlahu.

„Rozumieš?“ Michael sa spýtal. Keď Eriel neodpovedal, Michaelov hlas zahromžil: „ROZUMIEŠ?“

E-Z sa zdalo, že ľad okolo neho sa otriasa a chveje už len pri zvuku Michaelovho hlasu, a opäť bol vďačný za všetky prilby, ktoré chránili jeho lebku. Dúfal, že budú stačiť, inak by bol na tomto mieste navždy pochovaný s Eriel a Michaelom a už nikdy by nevidel strýka Sama ani svojich priateľov.

Eriel prikývol.

„Päť minút,“ povedal Michael.

KĽÚČ. CLANK. CLANK.

A bol preč.

On a Eriel zostali sami.

E-Z sa priblížil k Eriel a spýtal sa: „Ako môžeme poraziť Fúrie?“

Eriel otvoril ústa, aby prehovoril, ale nič nepovedal. Zavrel oči.

„Prosím,“ prosil E-Z. „Prosím, pomôž nám.“

KLANK. CLANK. CLANK.

Michael už bol späť. Nemohlo to byť ani päť minút – ešte nie. Od Eriela sa nedozvedel nič, vôbec nič.

Eriel so zaťatými zubami a drkotajúc zašepkal tri slová: „Použite Rafaelove okuliare."

„Čože?" E-Z vykríkol a búchal päsťami do ľadovej steny. „Ako?"

Vzápätí sa opäť ocitol vo dverách kuchyne. Už nemal na sebe oblečenie svojich rodičov, ale kombinácia vôní otcovej vody na holenie a matkinho parfumu pretrvávala. Objal sa a počúval, ako mu Charles vysvetľuje morálne ponaučenie zo svojho príbehu.

„Ponaučenie z môjho príbehu," povedal Charles, „je, že všetko je lepšie, keď máš priateľov, s ktorými sa o to môžeš podeliť."

„Aha," povedal E-Z, keď Samantha oznámila, že sa podávajú raňajky.

„Zoraďte sa tu. Vezmi si tanier, obrúsok a príbor. Poslúžte si sami," povedala. „Je to švédsky stôl."

Sobo povedal: „Sumogasubodo!" Harutovi, ktorý zapišťal od radosti.

„Urobila som nejaké sushi," povedala Samantha. „Bolo to po prvý raz."

Sobo prikývol: „Ďakujem, ale nabudúce ti pomôžem ja."

Samantha prikývla: „To by bolo skvelé."

E-Z si posunul stoličku dopredu.

Strýko Sam zašepkal kráčajúc vedľa neho: „Kam si išiel? Teda, bol si tam a tvoja stolička tam bola, ale bol si aj niekde inde, nie?"

„Ehm, áno, neskôr ti to vysvetlím. Potrebujem čas, aby som spracoval všetko, čo sa stalo. Daj mi pár minút. A mimochodom, ďakujem."

„Za čo?" Sam sa spýtal.

„Za raňajky, bolo to ako za starých čias. Zábava."

„Určite si to čoskoro zopakujeme."

„Určite," povedal a zamieril do svojej izby.

KAPITOLA 15

DOMOV SLADKÝ DOMOV

Keď boli úplne sami, cítili sa dobre, keď vedeli, že Eriel už pre nich nepredstavuje fyzickú hrozbu. Vďaka Michaelovi bol neschopný, ale až potom, čo všetkých zradil.

Eriel zašiel priďaleko, ale prečo? Prečo by zradil svoj vlastný druh? Dobre vedel, že Michael je mocnejší ako on. Nedávalo to zmysel.

POP.

POP.

„Vitaj doma!" povedal.

Hadz a Reiki pristáli pred ním na posteli: „Ďakujem, E-Z. Vždy sa k nám správaš milo."

„Je mi ľúto, že sa k tebe Eriel správal tak hrozne. Je dobre, že je teraz zavretý. Zaslúži si to."

„Čo si o nich myslíš?" Hadz sa spýtal.

„Nie som si istá, čo máš na mysli."

„Poslali sme debnu."

„Aha, možno to nezabralo," povedala Reiki.

„To ste boli vy?" E-Z sa rozplakali oči.

„Som rád, že to dorazilo v poriadku," povedal Hadz, keď sa dvojici rádoby anjelov roztiahol úsmev po tvári takým spôsobom, že sa zdalo, že zvyšok ich čŕt sa zmenšil.

„Ďakujem vám veľmi pekne. Myslela som si, že všetko, čo patrilo mojim rodičom, bolo zničené pri požiari." Zhlboka sa nadýchol a bojoval so slzami. „Škoda len, že som si to nemohol priniesť so sebou. Aj keď to veľa znamenalo, mať to len pre..."

ZAP.

„Stačilo povedať slovo. Sú predsa tvoje," povedali.

Bola tam, na konci jeho postele. Debna jeho rodičov, alebo ako oni nazývali svoju škatuľu na deky. Boli v nej poklady, ktorými sa prehrabával ako dieťa. A teraz boli jeho. Hmatateľná truhlica plná spomienok na jeho rodičov.

„Ale ako?" spýtal sa.

„Niekoľko vecí sa nám podarilo zachrániť tak, že sme si sem-tam odskočili, keď dom horel," povedal Hadz.

„Rozhodli sme sa ich pre teba uchovať v bezpečí, kým nebudeš pripravený ich získať späť. Dúfame, že sme si to dobre načasovali."

Ako vo sne sa pohol k truhlici a otvoril veko. Závan otcovej pižmovo-drevitej vody po holení zmiešaný s matkiným sladko-citrónovým parfumom ho privítal ako objatie. Opatrne, aby to všetko neuniklo naraz, opatrne zavrel veko.

„Nemôžem sa vám dvom dostatočne poďakovať. Nikdy sa vám nebudem môcť poďakovať. Preberiem všetko, inokedy. Ešte raz vám obom veľmi pekne ďakujem." Vystrel ruky a obaja rádoby anjeli do nich vleteli.

„Začína byť príliš sopľavý," povedal Hadz.

„Povedal ti to niekto; potrebuješ ostrihať?" Reiki sa spýtala.

E-Z si prstom prečesal vlasy a pohladil strednú časť, ktorá mu kvôli pobytu v mrazivých útrobách zeme stála ako štetiny v kefe. „Lepšie?"

„Trochu," povedal Hadz.

„Dobre, musím sa sústrediť. Ostatní sem čoskoro prídu, aby sa informovali o situácii s Erielom. Musím im povedať o Michaelovi. Myslíš, že na nich urobí dojem, že som ho stretla?"

„Nezáleží na tom, či sú ohromení," povedal Hadz. „Dôležité je, či ti Eriel povedal niečo hodnotné."

„Áno, ale stále sa snažím prísť na to, čo tým chcel povedať."

„Povedz nám to, možno sa nám podarí vyriešiť záhadu!"

„Čo tým kto myslel?" Spýtal sa Alfréd, keď strčil zobák do miestnosti.

„Poď ďalej," povedal E-Z.

Alfréd vošiel dnu. Bolo obdobie liahnutia a za ním sa zatrepotalo niekoľko pier. „Ahoj Hadz, ahoj Reiki."

„Ahoj," odpovedali.

„Dlhý príbeh, ale aby som prešiel rovno k veci, zavolali ma späť do sila, kde ma Rafael a Ophaniel zasvätili do situácie okolo Eriel. Pracoval na všetkých stranách. Predstieral, že je spojencom nás, archanjelov a Fúrie. Nebojte sa, jeho zradu odhalili, chytili ho a uväznili. Stráži ho hlavný archanjel Michael, ktorý mi dovolil krátko sa s Erielom porozprávať."

„A čo povedal Eriel?" Alfred sa spýtal.

„Mal som čas položiť mu len jednu otázku. Tak som sa ho spýtal, ako by sme mohli poraziť Fúrie. Preto som sem prišiel, aby som si premyslel, čo mi povedal."

„Aha, takže si chcel byť sám?" Alfréd sa spýtal. „Poďme, Hadz a Reiki, doprajme Éčku trochu pokoja." ‚To je v poriadku,' povedal Alfréd. Pohyboval sa smerom k dverám, ale oni zostali na mieste.

„Vyriešený problém je spoločný problém," zaspievali si.

„To je pravda. A to bolo morálne ponaučenie z Charlesovho príbehu."

„Dobre, zhromaždite sa." Odmlčal sa a potom povedal: „Eriel povedal, že by sme mali použiť Rafaelove okuliare."

„Správne, to je všetko?" Alfréd povedal. „Už chápem, prečo si nie si istý, čo tým myslel. Je to veľmi nejasné."

„Ja viem. A nepovedal, ako ich použiť." "A ako?

Hadz sa naklonil a niečo Reike pošepkal.

POP.

POP

A boli preč.

„Možno začni od začiatku. Povedz mi presne, čo ti Eriel povedal."

„Už som to urobil. Povedal, že použi Rafaelove okuliare. To bolo všetko. Michael nás mal na hodinách. Najprv som si myslela, že Eriel nepovie ani slovo.

Povedal tie tri slová a čas vypršal. Ďalšia vec, ktorú si uvedomujem, je, že som tu opäť."

Alfred sa prešiel a všimol si škatuľu s prikrývkou na konci postele. „Čo je to teda?"

„Patrila mojim rodičom," povedal E-Z a bojoval so vzlykmi. „Hadz a Reiki ju zachránili pred požiarom. Práve mi povedali, že ju zachránili pre mňa - dokonca riskovali svoje životy."

„To bolo od nich také," rozplakal sa, "ohľaduplné. Už si to prežila?"

„Nie, ale budem."

„Aký bol Michael?"

„Pri chôdzi veľa cengal. Pripomenulo mi to sen, ktorý som mala o PJ, Ardenovi a gilotíne."

„Aha, pamätám si, že si nám o tom sne rozprávala. Bol taký strašidelný ako kat?"

„Michael bol veľmi nahnevaný a právom. Eriel ho zradil, všetci archanjeli aj my. Nechápem však, čo by mohlo stáť za také riziko?"

„Moc - niektorí ľudia by urobili čokoľvek, aby ju získali. Ale my musíme prísť na to, ako môžeme využiť Rafaelove okuliare, aby sme zastavili plán, ktorý Eriel a Fúrie uviedli do pohybu."

E-Z si ich zložil z tváre. Keď ich mal na očiach, krv v rámoch nepulzovala a nehýbala sa, ako keď ich mal na očiach Rafael. Na ňom boli ako každé iné okuliare.

„Prikáž okuliarom, aby niečo urobili," navrhol Alfréd.

„Okuliare zmiznú," prikázal E-Z.

Pustil ich a ony dopadli na podlahu.

E-Z si vzdychol. Dve hlavy v tomto prípade rozhodne neboli lepšie ako jedna. Zasmial sa.

„Bolo dobré vidieť Hadžu a Reiki späť. Zostanú tu? Myslím, aby nám pomohli?"

„Sú, ale v poslednom čase toho veľa prežili a možno trpia posttraumatickou stresovou poruchou - to je posttraumatická stresová porucha."

„Áno, ja viem. Čo sa stalo?"

„Stala sa Eriel, to je to. Podľa toho, ako to znie, rozsieval na Zemi a všade inde chaos a spúšť." E-Z sa odmlčal. „A čo keby som použil okuliare na zmenu svojej podoby?"

„A urobiť čo?"

„Keby som mohol zmeniť svoju podobu, mohol by som navštíviť Fúrie ako Eriel."

„To by fungovalo, len keby nevedeli, že ho chytili," povedal Alfréd.

„Áno, ale keby o tom nevedeli. Pomysli na škody, ktoré by som mohol napáchať. Mohol by som tam vojsť. Mysleli by si, že som na ich strane. A mohol by som sa obrátiť proti nim. BUM, mohol by som ich vyradiť z hry!"

POP.

POP.

„Bolo by to príliš nebezpečné!" Hadz vykríkol.

„Príliš nebezpečné!" Reiki zopakovala.

„Okrem toho máme iný nápad."

„Povedz nám to," povedal E-Z.

„Zrekonštruovali Bielu izbu, tak sme sa tam vrátili, aby sme zistili, či tam nie sú nejaké knihy o Rafaelových okuliaroch."

„A? Bola tam nejaká kniha?"

„Nie," povedal Hadz.

„Ale našli sme toto," povedal Reiki.

Bola to maličká knižočka, veľká asi ako koniec E-Zovho ukazováka. Na chrbte bol napísaný názov: Rafaelova prvá kniha o Enochovi.

Hadz a Reiki prelistovali stránky, keďže kniha mala ideálnu veľkosť, aby ju mohli držať spolu.

„Tu sa píše," čítal Hadz nahlas, "že Rafaelovým cieľom bolo uzdraviť zem, ktorú poškvrnili padlí anjeli."

„Pamätáš si, ako Rafael povedal, že ju môžem zavolať, len keď sa blíži koniec? Možno mi aj okuliare odhalia svoju moc až vtedy, keď to bude potrebné."

„Presne tak," súhlasili Hadz a Reiki.

„Myslím, že potrebujeme brainstorming s ostatnými, ale tvoj nápad zmeniť svoj vzhľad na Erielov je dobrý," povedal Alfréd. „Len by sme museli vymyslieť, ako ťa pri tom podporiť - aby si bol v bezpečí."

„To je zlý nápad," povedal Hadz.

„Veľmi zlý nápad!" Reiki povedal.

„Ako to?" Alfréd sa spýtal.

„Po prvé, nevieš, čo vedia Fúrie." "To je pravda.

„Alebo nevedia."

„Po druhé, mohla by to byť pasca."

„Pasca, ktorú nastražili Eriel a Fúrie."

„Po tretie, a to je najdôležitejšie zo všetkého,"

„Eriel sa Michaela bojí."

Jednohlasne povedali: „Rafaelove okuliare musia byť kľúčom ku všetkému. Eriel hľadá odpustenie a vykúpenie u Michaela a ostatných archanjelov. Je to jeho jediná nádej. Ty si jeho jediná nádej. Preto veríme, že ti povedal pravdu."

„Ale čo ak Fúrie nevedia o Erielovej - situácii? Kým oni sú v nevedomosti, my tu máme výhodu," povedal Alfred.

„Súhlasím," povedal E-Z.

Lia strčila hlavu do miestnosti a za ňou aj zvyšok bandy. „Čo sa deje?" spýtala sa.

„Poď ďalej a ja ti to vysvetlím. A zavri za sebou dvere."

„To znie pochybne," povedala Lia. Všimla si Hadža a Reikiho a zamávala im. Potom za nimi zavrela dvere a zamkla ich.

KAPITOLA 16
ČO ĎALEJ

Posaďtesa, urobte si pohodlie," povedal, keď sa
všetci nahrnuli na jeho posteľ. „Najprv pre tých,
ktorí ich ešte nepoznali - toto je Hadz a toto je Reiki.
Sú to priatelia a rádoby anjeli. Boli určení, aby nám
pomáhali."

Haruto sa uklonil, Lachie povedal: „Dobrý 'deň!"
Charles a Brandy si s nimi podali ruky.

Po tom, čo sa všetci oficiálne predstavili, si tím
sadol pozdĺž postele. E-Z si pomyslel, že vyzerajú ako
cestujúci čakajúci na autobus.

„Sme tu všetci, aby sme porazili Fúrie. Ale je tu
niekoľko aktuálnych informácií, ktoré musíme zvážiť.
Skôr než sa pohneme dopredu."

„Čo tým myslíš?" Lia sa spýtala. „Naznačuješ, že by
sme sa mohli odhlásiť?"

E-Z si prečistil hrdlo.

„Najlepšie bude, ak ma necháte všetko povedať, potom sa môžete pýtať. Asi som tým mal začať. Ale sám ešte stále všetko spracovávam." Zaváhal. „Chcem tým povedať, aby ste mi dali trochu voľnosti, pretože je to zložitá situácia a ešte ťažšie sa to vysvetľuje."

Všetci prikývli, a tak pokračoval.

„Eriel bol vzatý do väzby archanjelmi. Zradil ich a zradil aj nás. Už pre nás nepredstavuje hrozbu, ale ohrozil našu misiu. Problém je, že nevieme ako veľmi. Vieme však viac o jeho zámeroch - získať kontrolu nad Zemou akýmikoľvek prostriedkami. Ísť kvôli tomu proti archanjelom, to bolo isté riziko - aj keď mal na svojej strane Fúrie."

Počuteľné lapanie po dychu od všetkých ho prinútilo na chvíľu či dve sa odmlčať, kým pokračoval.

„Archanjeli sa mu otočili chrbtom. Stretol som sa s Michaelom, ktorý vedie archanjelov, a ten bol Erielom znechutený. A Eriel z neho mal hrôzu."

Ozvalo sa ďalšie počuteľné vzdychanie.

„Naším plánom A bolo uväzniť Fúriu v hernom prostredí. Eriel o tomto pláne vedel. V skutočnosti nás povzbudzoval, aby sme v tom pokračovali. Takže musíme prejsť na plán B. Už len to, že vedel o pláne A, nám stačí na to, aby sme ho zavrhli.“

Ďalšie vzdychanie a „Ale nie!“

„Takže plán B. Viem, že si myslíte samozrejmú vec: t. j. že nemáme plán B. No nemali sme ho. Ale teraz ho máme. Bude ťa šokovať, keď sa dozvieš, že náš plán B vyšiel z úst nášho zradcu?“

Všetci prikývli.

„Ako som už povedal, stretol som sa s Michaelom. Bol to on, kto Erielovi navrhol, že mu môže byť udelená zhovievavosť, ak a len ak nám pomôže.

„Michael nám dal spolu len päť minút. A väčšinu tohto času Eriel nepovedal nič. Potom, práve keď sa chystal vypršať, povedal tri slová: „Použite Rafaelove okuliare“ - a to bolo všetko. O niečo neskôr som si spomenula, že Rafael povedal, že Charles by mohol byť našou tajnou zbraňou, takže s okuliarmi by sme mohli mať dve zbrane, o ktorých nemajú potuchy.“

Charles zalapal po dychu.

E-Z potvrdil Charlesovo prikývnutie.

„Ale skôr než to zúžime a urobíme nejaký brainstorming, musíme sa tu pozrieť na celkový obraz a rozhodnúť, či je to náš boj. Či je to niečo, do čoho sa ešte chceme ako tím zapojiť.

„Vďaka Eriel som dnes nažive. Zachránil ma a potom povedal, že som jemu a ostatným archanjelom niečo dlžný. Aby som tento dlh splatil, absolvoval som niekoľko skúšok. Prišli Alfred a Lia a spolu sme vytvorili Trojku. A potom sme sa na ich žiadosť rozišli.

„Založili sme si vlastnú superhrdinskú webovú stránku a pomáhali sme ľuďom. Až kým nás archanjeli nepožiadali o pomoc pri porážke pirátov Lovcov duší. Časom sme sa dozvedeli, kto sú: Fúrie, mocné a zlé grécke bohyne, ktoré sa vrátili.

„Hadz a Reiki ma vzali na prieskum, aby mi ukázali svoje sídlo v Údolí smrti. Tam som na vlastné oči videl skladovanie nádob naplnených dušami detí. Neskôr nám zobrali PJ a Ardena. Ich stav sa nezmenil. A vďaka Rafaelovi sme na vlastné oči videli tie odporné bohyne pri práci.

„Fúrie sú dôstojní protivníci. Ak s nimi budeme bojovať, môžeme zomrieť. To, samozrejme, nie je najnovšia informácia, ale stojí za to riskovať naše životy, keď nás teraz Eriel zradil?

„Keď vezmeme do úvahy všetko, a najmä to, že máme na svojej strane dve tajné zbrane. Aj keď zbrane, o ktorých nevieme, ako ich môžeme použiť. Možno sme v dobrej situácii, aby sme tento boj vyhrali.

Teda ak budeme držať spolu a ak si budeme navzájom kryť chrbát. Ak budeme ochotní nasadiť svoje životy ešte stále pre vyššie dobro. Pre dobro Zeme, pre záchranu Zeme. Čo poviete?"

Vzápätí všetci - okrem Alfréda - poskakovali po posteli a hovorili: „Jeden za všetkých a všetci za jedného!"

E-Z zdvihol ruku. "

„Všetci za boj proti Fúriám, povedzte, áno."

Rozhodnutie bolo jednomyseľné.

Sobo zaklopal na dvere a spýtal sa: „Možno aj ja môžem pomôcť."

KAPITOLA 17

OPÝTAJTE SA CHARLES DICKENS

Brandy sa počuteľne vysmievala a všetci v miestnosti sa pozreli jej smerom. Teraz, keď už mala pozornosť všetkých, sa spýtala: „A ako ty, dôchodkyňa, pomôžeš nášmu tímu superhrdinských detí poraziť tri mocné zlé bohyne?"

Miestnosťou sa rozľahlo vzdychanie, ktoré prinútilo Haruta rýchlo sa presunúť na stranu svojho Soba. Chytil ju za ruku a priložil si ju k srdcu.

Sobo, ktorého Brandyina nevedomosť nerozhodila, zašepkal vnukovi upokojujúce slová v japončine.

„Ospravedlň sa," žiadal E-Z.

„To je v poriadku," povedal Sobo. „Má pravdu, možno nie som superhrdina ako vy všetci, ale každý v tomto živote má niečo na rozdávanie."

„Prepáč, Sobo,“ povedala Brandy. Nezastavila sa pri tom. „Myslela som to tak...“

„Zmlkni!“ Lia sa rozkričala. „Poď ďalej, Sobo.“

„Hodí sa nám každá pomoc,“ povedal E-Z.

Charles vstal a ponúkol svoje miesto Sobovi a Harutovi.

„Ďakujem,“ povedala Sobo a spolu s vnukom si na chvíľu sadli vedľa seba bez slova.

„Cítiš sa už dobre?“ Haruto sa spýtal.

„Áno, maličký,“ povedal Sobo. „Aj ja mám superschopnosť. Tá superschopnosť sa volá premena. Prežil som veľa životov a zahral som si veľa úloh... s každým životom sa naučím niečo nové. Som otvorený učeniu, o tom je život. Ponúkam svoj život; urobil by som čokoľvek, aby som vás zachránil. Vás všetkých.“

„Aj mňa?“ Brandy sa spýtala.

Sobo sa zasmial. „Najmä teba, dieťa.“

Brandy prešla cez miestnosť a hodila sa Sobovi okolo krku. „Ďakujem. Ale prečo práve ja?“

Haruto sa postavil a s rukami v bok zvolal: „Pretože si blázon!“

Všetci vrátane Brandy sa rozosmiali.

Sobo povedal: „Pretože si nebojácny. Áno, byť nebojácny je silná emócia, ale musíš sa naučiť trpezlivosti. Potrebuješ oboje, aby si v tomto svete prežil. S oboma sa staneš ešte väčšou silou, s ktorou treba počítať. Život je o zmene, o zmene seba samého zvnútra, zvonka do vnútra. Naučte sa. Rast. Musíme byť ako stromy, meniť sa s ročnými obdobiami, ohýbať sa s vetrom."

„Také krásne," povedal Charles.

„Ale svet je plný dobra aj zla," povedal Sobo. „Musí to tak byť. Jedno musí existovať, aby mohlo byť aj to druhé. A my, ty, ja a všetci tu, musíme bojovať len na strane dobra. V tomto svete môže byť len jeden víťaz. Ten víťaz musí byť pre dobro celého ľudstva."

Sobo sa odmlčal. Kým lapala po dychu, ostatní zostali ticho a čakali, kým bude pokračovať.

„Prečo som tu," pokračovala Sobo, "chcem priniesť pozdravy od Rozálie."

„Ty a Rosalie, Sobo, ale ako?" Lia sa spýtala.

„Rozália prišla ku mne vo sne. Ako som vedel, že je to ona? Pretože mi to povedala. Sny sú mocné jednotky. Duchovia prekračujú svety a miešajú sa s nami, aby boli s nami alebo aby nám povedali veci, ktoré nepoznáme, napríklad varovania, predtuchy. Rozália nám chcela pomôcť bojovať, bojovať a zvíťaziť."

„Áno," povedal E-Z. „Často sa mi sníva o mojich rodičoch. Niekedy mi zjavujú veci alebo mi hovoria veci, o ktorých nemohli vedieť. Ibaže by so mnou zdieľali môj život."

„Áno, láska je silný cit, ktorý nemá hranice. Tí, ktorých miluješ, ťa budú hľadať, nájdu ťa, pomôžu ti aj v tých najtemnejších chvíľach."

„Je," spýtala sa Lia, "šťastná?"

Sobo sa usmial. „Šťastie nie je všetko. Len ti poviem, že je sama sebou. To je všetko, čo naozaj potrebuješ vedieť. A ako ona sama, ako nádoba, ktorá tiež bojuje len na strane dobra, verí vo vás, pán Charles Dickens. Vy ste naša sila."

„Ja?" Charles sa spýtal.

„Áno, Charles. Zober nás do knižnice. Do knižnice v oblakoch."

„Nikdy som o nej nepočul. Nemôžem vás tam vziať. Musela si ma pomýliť s niektorým z ostatných."

„Akou knižnicou?" Brandy sa spýtala.

„A prečo je v oblakoch?" Lia sa spýtala.

„Bol som tam," povedal Sobo. „Je veľmi stará a je chránená... vedia to len tí, čo to vedia."

„Ja medzi nich nepatrím," povedal Charles.

„Potrebuješ len trochu pomôcť," povedal Sobo. „Daj mu Rafaelove okuliare a potom bude, bude vedieť."

„Počkaj chvíľu," povedal E-Z. „Ako si sa tam dostal?"

„Neveríš mi?" Sobo sa usmial. „Rozália ma tam vzala vo sne... je to duch... a viedla ma ako chodec vo sne."

„Si si istý, že to nebola spomienka na Bielu izbu, o ktorú sa delila?"

„Určite nie. Ako to viem?" Sobo sa spýtal. „Pretože Rosalie mi povedala, že sa už nikdy nechce vrátiť na miesto, kde ju zavraždili tie zlomyseľné sestry."

„To dáva zmysel, a predsa niečo, čo povedal Rafael o tom, že nikdy neodovzdá okuliare - nikomu -, vo mne vyvoláva obavy, či nepôjdem proti jej želaniu."

„Čo ak Rosalie nepatrí k tým, ktorí sú v obraze?" Sobo sa spýtal. „Máme si nechať ujsť príležitosť zvýšiť naše šance na porazenie Fúrie tým, že odmietneme najnovšie informácie od Rosalie, ktorá je našou dôveryhodnou priateľkou a dôverníčkou?"

„Najskôr mi povedz," povedal E-Z, "aké to bolo?"

Sobo zavrel oči. „Predstav si čas, keď si si zapol horúcu vodu len v sprche alebo vo vani, bez ventilátora a bez otvoreného okna. Vyšiel si z miestnosti, aby si niečo vzal, a zavrel si dvere. Keď ste ich neskôr otvorili, miestnosť bola plná pary, a keď ste vošli, nič ste nevideli - na začiatku. Ale vaše oči sa prispôsobili a potom ste videli všetko. Tak to bolo aj so mnou, keď som prvýkrát vstúpil do Knižnice v oblakoch."

Otvorila oči. „Predstav si vnútro oblaku, kde existovali knihy. Každá jedna napísaná, vydaná kniha, všetko tam bolo pred tebou. K dispozícii na čítanie, na prevzatie, na učenie. Tak to vyzeralo v Knižnici v oblakoch. A my všetci sa tam teraz máme ísť pozrieť a vidieť to na vlastné oči. Dnes."

„Znie to čarovne," povedal Charles. „Chcem ísť. Chcem vás tam všetkých vziať."

„Znie to príliš dobre na to, aby to bola pravda," povedala Brandy.

Sobo sa usmial.

E-Z zaváhal, kým si vybral okuliare a podal ich Charlesovi.

„E-Z," povedal Sobo, "Rosalie mi povedala, že výnimkou z Rafaelovho pravidla je Charles. Pamätáš sa? A bola to ona, kto prezradil, že Charles je naša tajná zbraň."

E-Z prikývol a podal okuliare Charlesovi.

Charles si ich bez váhania nasadil. Keď si ich zastrčil za uši, farby na rámoch pulzovali všetkými známymi farbami. Všetky farby okrem červenej. Keď sa okuliare ustálili na zelenom odtieni trávy, Charlesov krk sa skrútil vľavo vpravo vľavo vpravo vľavo. Narovnal sa a pozrel pred seba.

„Som pripravený," povedal. „Chyťte sa za ruky, aby sme boli všetci spojení, a ja vás tam vezmem."

„Počkajte na nás!" Hadz a Reiki zakričali, keď vyskočili E'Zovi na plecia a držali sa ako o život. O chvíľu neskôr a nikto nikam neodišiel.

KAPITOLA 18
ČO SA POKAZILO?

Nechápem to," povedal Charles. „Videl som to vo svojej mysli. Možno potrebujem inštrukcie alebo nejaké čarovné slová. Povedala ti Rosalie niečo špeciálne, čo musím urobiť okrem toho, že mám Sobovi nasadiť okuliare?" Charles sa spýtal.

Sobo pokrútil hlavou. „Skús niečo iné."

„Zober nás do Oblačnej izby!" žiadal.

Tentoraz sa ako skupina všetci zakývali, akoby niekto otvoril okno.

„Zavrite oči," povedal Charles. „Všetci pripravení?" Všetci prikývli. Zavrel oči, keď sa skupina superhrdinov plus Sobo roztrieštili.

„Niečo sa mi zdá, iné," povedal Lachie a otvoril oči. „Cítim sa inak."

E-Z sa tiež cítil zvláštne, keď otvoril oči. Hadz a Reiki teraz chrápali. Zdalo sa, že je pre nich zvláštny čas na zdriemnutie. A čo ešte bolo iné? Rafaelove okuliare boli bez farby. Prečo? Nikdy predtým sa to nestalo. A čo ešte? Alfred - kde bol, dočerta, Alfred?

„Alfred? Kde si?"

Lia sa rozplakala.

„Prečo plačeš?" Spýtal sa E-Z.

„Pretože nič nevidím, ani rukami. Už nie."

„Charles. Tie okuliare," povedala Brandy.

„A čo tie?" Odstránil ich.

Zakryli si uši, keď Sobo zaklonila hlavu a zavýjala ako banshee, až kým jemná orchestrálna hudba neprehlušila jej výkriky a všetci zaspali.

✳✳✳

Teraz, keď už dvojčatá spali, Samantha a Sam sa zaujímali, ako prebieha stretnutie v izbe E-Z. Keď prišli, dvere boli zamknuté a keď zaklopali, nikto neotváral.

„To je zvláštne," povedala Sam. „E-Z nikdy nezamyká dvere.

„Vezmite kľúč," povedala Samantha.

Sam mal zlý pocit, keď zasúval kľúč do zámky.

Sam a Samantha sa pozerali, ako Sobo, Brandy, Lia, Lachie, Haruto, Charles a E-Z hľadia pred seba ako figuríny vo výklade.

„Sotva dýchajú," povedala Sam.

„A kde je Alfred?"

„A prečo má Charles na sebe Rafaelove okuliare?"

„Som vystrašená," povedala Samantha a vzala manžela za ruku.

„Myslím, že by sme tu nemali nič rušiť,“ povedala Sam. „Mám pocit, že sa deje niečo, o čom nevieme.“

„Je to strašidelné.“

„Čo je to?“ Sam sa spýtal a všimol si škatuľu na konci E-Zovej postele. „Neverím tomu! To nie je možné.“ Zohol sa a zdvihol veko truhlice, ktorú už mnohokrát videl v bratovej izbe. Truhlice, o ktorej si myslel, že ju zničil požiar. Podobne ako v prípade E-Z sa mu vynorili spomienky vytvorené vôňami vo vnútri a zaplavili ho emócie.

„Poďme odtiaľto preč,“ povedala Samantha. „Vonku mi môžeš o truhlici povedať viac.“

„Dajme tomu trochu času. Čoskoro sa prebudia a...“

„Myslím, že nemáme inú možnosť,“ povedala Samantha, keď za sebou zavreli dvere.

KAPITOLA 19
OBLAČNÁ MIESTNOSŤ

Charles chvíľu stál a vnímal okolie. Priviedol ich na nesprávne miesto? On a ostatní (ktorí všetci spali) boli vysoko na oblohe, bez jediného mráčika v dohľade. Pristáli uprostred plošiny zo skla. Netušil, ako sa drží na nohách. Všimol si, že E-Z-ov vozík sa kotúľa dopredu, tak sa k nemu ponáhľal a zobudil ho.

„Kde to sme?" spýtal sa a švihol Hadzom a Reiki, ktorí mu stále spali na pleciach, aby sa prebrali.

„Zobuď sa! Zobuď sa!" Charles prikázal.

Jeden po druhom otvorili oči, potom si uvedomili, ako vysoko sú, priľnuli jeden k druhému a snažili sa nepohnúť. Snažili sa nepozerať dolu cez sklo, ktoré im bránilo zrútiť sa na zem.

„Kiež by to malo zábradlie!" Lia zvolala. Teraz už všetko videla, ale jedna jej časť si želala, aby to tak nebolo.

„Čo to drží hore, na to nemôžem prísť," povedal Charles.

„Nikdy som nebola b-veľká fanúšička výšok," povedala Brandy a chytila sa najbližšej voľnej ruky, ktorá patrila Charlesovi.

„Och," povedal a pocítil, aká je jej ruka studená.

„Preletím sa tam a pozriem sa," povedal E-Z a odletel, pohybujúc sa po plošine, ktorá akoby vyrástla zo vzduchu, nič ju nedržalo a žiadna kotva ju neudržala na mieste.

Haruto sa držal babičkinej ruky. Prebúdzala sa pomalšie ako ostatní. Keď sa zdalo, že sa úplne prebrala, povedala iba: „Ale nie,". Stále dokola.

„Toto nie je Oblačná izba, kam ťa Rosalie vzala, však?" Charles sa spýtal.

Sobo urobil jeden krok, dva kroky, zatiaľ čo deti sa k nej pritisli. Zavrela oči, pevne ich stisla a potom ich opäť otvorila.

„Čo to robíš?" Brandy sa spýtala.

„Hľadám knihy," povedala Sobo. „Ak je toto miesto, tak by tu mali byť knihy. Veľa kníh. Ja však žiadne nevidím. Ani jednu."

E-Z, ktorý stále skúmal štruktúru plošiny, sa spýtal: „Zdá sa vám, že sme na správnom mieste? Mohli by byť knihy zamaskované? Môže ich niekto vidieť?"

Všetci záporne pokrútili hlavami, dokonca aj Hadz a Reiki, ktorí až doteraz medzi sebou neprehovorili ani slovo.

„Mám z tohto miesta zlý, zlý pocit," zaspievali Hadz a Reiki jednohlasne.

Charles zaváhal, kým prehovoril. „Keď som si nasadil okuliare, videl som v hlave knižnicu, a to tak, ako nám ju Sobo opísal. Nebola tam žiadna sklenená plošina. Toto miesto nie je také, ako som si ho predstavoval. Najprv som si myslel, že okuliare urobili chybu, ale teraz, keď majú Hadz a Reiki zlý pocit, a Sobo tiež, myslím si, že to tak nie je." Sobo prikývol a všimol si, že sa chveje. „Myslím, že sa odtiaľto musíme dostať preč - a to rýchlo."

E-Z si všimol, že Alfred chýba. „Vie niekto, čo sa stalo Alfredovi? Keď sme sem prišli, všetci sme boli spojení dotykom. Ako sa mohol pripútať?" Teraz si všimol, že Hadz a Reiki sa zdajú byť mimo. Takmer akoby ich niekto omámil, pretože oči im zaliezli do hláv a mali problém udržať sa pri vedomí.

„Labute nemajú prsty, ktorých by sa mohli dotýkať," zaspievali obaja rádoby anjeli unisono. Vypukli v smiech a točili sa dookola, až kým sa im nezatočila hlava, aby sa udržali na hladine, a so ŠPLECHOM spadli na sklenenú podlahu.

„Dobre, Charles, to mi ako dôkaz stačí. Vezmi nás opäť domov - hneď."

Charles, ktorý Rafaelovi zložil okuliare, si ich teraz opäť nasadil s úmyslom splniť príkaz E-Z, zvolal: „Aha, tam sú!"

„Už vidíš tie knihy?" Sobo sa spýtal.

„Keď sme prišli prvýkrát, nemohol som, ale teraz už áno. Čo mám teraz robiť?"

„To nedáva zmysel," povedal Sobo, "prečo by ti ich zamaskovali a potom odhalili? Rozália sa o týchto veciach nezmienila."

„Myslím, že vzduch tu hore ovplyvňuje naše mozgy," povedal E-Z. „Začínam sa cítiť mimo, som malátny. Radšej by sme mali odtiaľto vypadnúť, a to urýchlene, inak skončíme tvárou dolu na nástupišti ako Hadz a Reiki."

Charles vystrel ruku a vletela mu do nej kniha, ktorú si strčil do košele. „Vezmite nás späť!" zvolal. Tak ako pri prvom pokuse sa nič nestalo.

„Možno sa musíme držať za ruky," povedal Sobo. „A znova zavrieť oči."

Urobili oboje a hneď ich na plošine začali ovievať obrovské poryvy vetra. Schúlili sa ako futbalový tím pred veľkým zápasom a držali sa jeden druhého. Tlačili nohy na plošinu v nádeji, že neodletia.

E-Z si lámal hlavu a snažil sa vymyslieť, ako sa dostať von. Bolo jedinou možnosťou využiť jedinú a jedinečnú šancu privolať Rafaela, aby prišiel na pomoc? Pozrel sa na Charlesa, ktorý akoby sa strácal. „Charles!" zakričal a potom si cez plece všimol, že sa k nim rýchlo blížia Baby, Malá Dorrit a Alfred.

Alfred zakričal: „Musíme vás odtiaľto dostať - hneď. Toto miesto je ako maják, ktorý ťa osvetľuje, aby ťa videl celý svet vrátane Fúrií!"

Sobo vzlykol: „Nevedel som, že Rosalie použili ako pascu."

„Charles tie knihy videl, a dokonca jednu dostal. Poďme sa dostať do bezpečia. Nikto nie je na vine. Vaše úmysly boli dobré," povedal E-Z.

„Ďakujem," povedala Sobo, keď sa začala strácať a miznúť, rovnako ako Charles. Brandy ju chytila za ruku a pevne ju držala, kým Sobo už nebledol.

Alfred povedal: „Poď!"

Lachie vyskočil na Babyho chrbát, vytiahol trasúceho sa Charlesa so sebou na palubu a leteli. Vo vnútri jeho košele sa kniha, ktorú tam držal, roztiahla a dva z gombíkov košele odleteli. Jednou rukou pevne držal knihu a druhou sa držal Lachieho, keď Baby zvýšil tempo.

Malá Dorrit sa sklonila bez toho, aby sa dotkla plošiny, takže ostatní mohli nastúpiť, zatiaľ čo E-Z chytil Hadžu a Reikiho. Vzlietli, Alfréd a E-Z leteli vedľa seba, keď sa obloha menila z modrej na čiernu, z čiernej na modrú, na čiernu a vyšli hviezdy, ale neboli to hviezdy. Boli to očné gule. Boogerove vystreľujúce očné gule, ako tie, s ktorými sa stretol v Údolí smrti, keď sa prvýkrát stretol s Fúriou.

SPLAT. SPLAT. SPLAT.

SPLAT. SPLAT. SPLAT. SPLAT.

SPLAT. SPLAT. SPLAT. SPLAT. SPL-

Charles zakričal z plných pľúc: „DOMOV!" A tentoraz to zabralo. Boli opäť doma. V bezpečí.

Haruto objal svoju babičku.

„Som tak rád, že sme opäť doma," povedal jeden druhému.

O chvíľu neskôr prišli Sam a Samantha.

$$*\ *\ *$$

„Videli sme vaše telá spať vo vašej izbe. Nevedeli sme, čo máme robiť," povedal Sam.

„Je to dlhý príbeh," povedal E-Z.

Sobo sa spýtal Charlesa: „Podarilo sa vám udržať knihu v ruke?" „Jasné, že áno," povedal Charles a podržal ju. Bol to veľký zväzok v tvrdej väzbe s hrubým chrbtom, ktorý mohli všetci vidieť a čítať -

Veľké očakávania od Charlesa Dickensa.

„Priniesol si si jednu zo svojich vlastných kníh?" Brandy zvolala.

Lachie sa vysmieval.

„I..." Charles povedal. „Povedala si mi, aby som si vybral akúkoľvek knihu, a túto som náhodne vzal."

„Všetko sa deje z nejakého dôvodu," povedala Lia.

„Ale toto je naozaj naťahovanie," zvolala Brandy.

„Všetci sa upokojte," povedal E-Z. „Charles za daných okolností urobil, čo bolo v jeho silách - a aspoň ON mohol vidieť knihy. Nikto z nás nemohol."

„Veľké očakávania," povedal Alfréd, "sú grrr-žravá kniha!" Znel ako britská verzia tigríka Tonyho z reklamy na cereálie.

„Má pravdu," súhlasili Sam a Samantha. „Je to jeden z najlepších románov, aké boli kedy napísané."

Charles zložil Rafaelovi okuliare a podal ich späť E-Z, ktorý si ich okamžite nasadil. Pokrútil hlavou, ale názov knihy, ktorú Charles stále držal v ruke, bol iný. Nahlas prečítal nový názov,

"Pole snov od W. P. Kinsellu."

„Skúsim to," povedala Lia a natiahla sa po Rafaelove okuliare.

„Počkaj!" E-Z zvolal, keď mu ich Lia sňala z tváre. „Nenasadzuj si ich. Pamätaj si, že Rafael povedal, že ich mám nosiť len ja, ale pre Charlesa som urobila výnimku kvôli Sobovmu snu, ale nemyslím si, že by sme si ich mali podávať. Okrem toho už poznáme odpoveď na otázku, ktorú si všetci kladieme. Je to kniha, ktorá sa stáva akýmkoľvek titulom, ktorý chce čitateľ vidieť."

„Alebo potrebuje vidieť," povedal Sobo.

„Ale ja som nechcel ani nepotreboval vidieť Veľké očakávania. Nikdy som o nej ani nepočul!"

„Ale predstav si," povedal Sam, "aká by to mohla byť knižnica v budúcnosti. Stačí, aby sme si vymysleli názov knihy, a voilá, držíme ju v rukách."

„To by však nebolo veľmi dobré pre autorov, myslím tým, ako by dostali zaplatené?" Samantha sa spýtala.

„Neviem, ako by to celé fungovalo, a možno nám tu niečo veľké uniká," povedal Alfred.

„Čo veľké?" E-Z sa spýtal.

„Čo keby to bola kniha, kto by si vybral čitateľa, a nie naopak?"

„Doo-doo-doo-doo-doo," zaspievala Brandy, čo bola hudba zo Zóny súmraku.

„Tak si to zhrňme. Sobo mal sen, v ktorom jej Rosalie ukázala Knižnicu v oblakoch a s Rafaelovými okuliarmi nás tam Charles mohol zaviesť. Čo aj urobil, ale miesto nebolo také, ako sme očakávali. Knihy videl len Charles, jednu si zobral a cestou naspäť nás napadli bubákovité strieľajúce očné gule podobné tým, ktoré napadli mňa a Hadžu Reiki v Údolí smrti." ‚To je v skratke všetko,' povedala Brandy.

„Mňa by zaujímalo, či Eriel povedala Fúriám o tom, že Rafael dal E-Z jej okuliare," spýtala sa Lachie.

„To sa možno nikdy nedozvieme," povedal E-Z, "pretože Michael dal Eriel iba jednu šancu, aby sa so mnou porozprávala." Podišiel k oknu a pozrel von. „To by ma zaujímalo," povedal.

„Čudujem sa čomu?" zvolali všetci.

„Či Fúrie vedia o okuliaroch a ich schopnostiach. Ak nás prostredníctvom Rosalie oklamali, aby sme navštívili Mrakovú knižnicu, potom musia vedieť o Charlesovi. To znamená, že už nie je tajnou zbraňou. Ako to mohli vedieť? A ešte tie očné bubáky - to je priveľká náhoda."

„Eriel ti predsa povedal, aby si používala okuliare," povedal Alfréd.

„Videl som ho, ako ho zadržiavajú, a nebolo možné, nebolo možné, aby poslal správu Fúriám... nie keď Michael stráži každý jeho krok." E-Z sa odpotácal tam, kde boli ostatní. „Mimochodom, Alfrede, ako si sa od nás oddelil?"

„Stratil som sa v čiernom mraku, až kým som nezavolal Malú Dorrit a Baby, aby mi pomohli, a zvyšok poznáte."

„Bolo to také zvláštne," povedal Charles. „V jednej chvíli som nevidel knihy, zložil som okuliare, znova si ich nasadil a boli všade. Napriek tomu som bol jediný, kto ich videl."

„Videl som ich," povedal Baby. „Táto letela ku mne." Hodil ju Charlesovi, ktorý ju dvoma prstami chytil.

Bola to miniatúrna knižka s maličkým názvom na chrbte, ktorý si každý prečítal nahlas:

"Všetko, čo ste kedy chceli vedieť o fúriách, ale báli ste sa opýtať, napísal Anonym."

„Výborne!" Brandy zvolala.

Zhromaždili sa okolo maličkej knižky, zatiaľ čo Charles ju každý tak opatrne otvoril. Vnútri bola predná obálka prázdna, rovnako ako prvá strana. Otočil na ďalšiu stranu, kde boli slová, ktoré sa okamžite začali pohybovať, premiešavať. Slová sa vznášali na stránke, premiešavali sa a preskupovali, akoby zabudli, aké slová a aký jazyk majú predstavovať.

E-Z, ktorý mal stále na očiach Rafaelove okuliare, pocítil závrat, keď sa slová premiestňovali, a tak si ich zložil.

„Skús to ty," povedal Charlesovi a podal mu okuliare.

Charles si ich nasadil a rýchlo si ich opäť zložil a ponáhľal sa k oknu na čerstvý vzduch. Podal ich späť E-Z.

„Teraz ty," povedal Sobovi, ktorý si okuliare odmietol vyskúšať rovnako ako Haruto."

„Skúsim to," povedala Lia, ale čoskoro sa pridala ku Karolovi pri okne.

„Lachie?" E-Z sa spýtal.

„Jasná vec," povedal, nasadil si okuliare a hneď si ich zase zložil. „Nebude," povedal a zvalil sa na posteľ.

„Nechaj ma to skúsiť!" Brandy povedala, keď jej E-Z vložil okuliare do ruky a ona si ich priložila na tvár. „Počkaj chvíľu," povedala, ,myslím, že niečo vidím, je to...' a vyvrhla zelenú hmotu, ktorá našťastie dopadla na stenu namiesto na človeka.

„Poď s nami," povedali Sam a Samantha Brandy, "pomôžeme ti očistiť sa."

„Ehm, vďaka," povedal E-Z, otočil sa na stoličke k Alfredovi a potom si položil okuliare na zobák.

„Labuť nosí okuliare. Smiešne!" Alfréd povedal.

„Vyzeráš veľmi učenlivo!" Charles povedal.

„Vyzeráš ako profesor Ludwig von Drake!" Brandy zvolala.

Sam povedal: „Bol to učiteľ káčera Donalda."

„Aha," povedali tí, ktorí boli príliš mladí na to, aby počuli o Káčerovi Donaldovi.

„Ach jaj," povedal Alfréd, keď sa slová prestali víriť a vrátili sa do podoby, v akej ich napísal autor. Prečítal prvé dve strany, potom ďalšiu, ďalšiu a ďalšiu. Celú knihu preletel s ľahkosťou rýchločítača, a keď skončil, kniha sa zaklapla.

POOF

A bolo po nej.

„No, to bolo zaujímavé," povedal Alfréd, vrátil okuliare E-Z a zabránil tomu, aby sa neprevrátil.

„Chceš povedať, že si to prečítal celé?" Sam povedal. „Tie okuliare sú pozoruhodné."

„Spomínam si na všetko, ale potrebujem spracovať informácie a musím si oddýchnuť. Nechcem tu sedieť a čítať ti to celé. Bude lepšie, keď si utriedim, čo som sa dozvedel, a potom sa o tom porozprávame."

„Čo ak," spýtala sa Brandy, "ti uniklo niečo, čo by jednému z nás neuniklo? Nič osobné."

Alfred sa zasmial. „To, že mám teraz podobu labute, neznamená, že som za svoj život neprečítal veľa, veľa kníh. V skutočnosti som v mladosti navštevoval Oxfordskú univerzitu a absolvoval som ju s vyznamenaním. Študoval som literatúru a umenie."

E-Z povedal: „Vy ste si nevybrali knihu - kniha si vybrala vás. Nikto z nás v nej nedokázal prečítať ani jedno slovo."

„Ďakujem, že ste vo mňa verili."

Lia povedala: „Koľko času chceš mrmlať? Môžeme si ísť pozrieť ten film?"

Samantha povedala: „Musím si urobiť ešte popcorn. Druhú misku sme už zjedli."

„Stresové jedenie," povedala Sam s úsmevom.

„Vďaka," povedal Alfréd. „Vrátim sa k tebe, hneď ako budem môcť."

„Vezmite si toľko času, koľko potrebujete," povedal E-Z, "príďte k nám, keď budete pripravení."

Banda vošla do obývačky a pripravila si film. Samantha pripravila v mikrovlnnej rúre ešte popcorn. Všetci sa zhromaždili okolo a pozerali film.

Alfred chvíľu spal na svojom zvyčajnom mieste, ale snívali sa mu sny, väčšinou nočné mory, a nakoniec sa vybral do záhrady a na čerstvý vzduch. Všetci boli od neho závislí a tlak naňho doliehal, pretože mu v mysli víril obsah miniatúrnej knihy.

KAPITOLA 20
SPRÁVA Z FRANCÚZSKA

E-Z sledoval prvú polovicu filmu s ostatnými, potom sa cítil nepokojný a rozhodol sa dohnať nejakú prácu. Vošiel do svojej izby a očakával, že nájde Alfréda, ako tvrdo spí, ale nikde ho nenašiel. So znepokojením prešiel k zadným dverám, pozrel von a uvidel labuť, ako tvrdo spí natiahnutá na stoličke na trávniku. Zavrel dvere, vrátil sa do svojej izby, otvoril notebook a prihlásil sa.

Niekoľkokrát sa v duchu vrátil tam a späť a rozhodoval sa, či sa môže sústrediť na písanie svojho románu, alebo by mal tento čas stráviť ďalším výskumom o ich nepriateľoch Fúriách. Zvuk správy, ktorá mu zazvonila v schránke, rozhodol zaňho. Mala červené zaškrtnutie, ktoré označovalo naliehavosť, a hoci neobsahovala prílohy, neklikol na ňu. Namiesto toho si ju prečítal v náhľade. Alebo sa ho pokúsil prečítať. Správa bola úplne v inom jazyku. Všimol si pár slov, ktoré rozpoznal ako francúzske, a tak text skopíroval, prešiel do vyhľadávača a vložil nasledujúcu správu do online prekladača:

Cher E-Z Dickens,

Je m'appelle François Dubois et j'ai sept ans. J'habite à Paris, en France, et j'aimerais faire partie de votre équipe de Superhéros. Vous vous demandez peut-être quelles compétences j'apporterais à l'équipe. C'est une bonne question et je serai heureux d'y répondre. Mais je me demande si ce site est sécurisé.

Si vous souhaitez me parler davantage, vous pouvez m'envoyer un courriel directement. Mon adresse de courriel est jointe. J'ai hâte d'avoir de vos nouvelles.

Votre ami,

Francois

Stlačil tlačidlo odoslať a prišiel nasledujúci preklad:

Drahý E-Z Dickens,

Volám sa Francois Dubois a mám sedem rokov. Žijem v Paríži vo Francúzsku a rád by som sa stal členom vášho tímu superhrdinov. Mohli by ste sa spýtať, aké schopnosti by som do tímu priniesol. Je to dobrá otázka a rád na ňu odpoviem. Ale zaujímalo by ma, či je táto stránka bezpečná?

Ak by ste sa so mnou chceli porozprávať viac, môžete mi napísať priamo. Moja e-mailová adresa je priložená. Teším sa na vašu odpoveď.

Váš priateľ,

Francois

Zaujatý si správu niekoľkokrát prečítal a premýšľal o jej načasovaní. Rozmýšľal, či nie je paranoidný, keď si myslí, že tento chlapec až z Francúzska by sa mohol spriahnuť s Fúriami. Aj keby bol prehnane opatrný, mal na to právo a ako vodca svojho tímu sa musel uistiť, že podobné otázky sú legitímne. Potreboval by pomoc strýka Sama, aby to preveril, ale zatiaľ rozposlal niekoľko tykadiel a uvidí, čo sa vráti.

Napísal rýchlu správu bez toho, aby ju preložil. Chlapec mohol použiť vyhľadávač, rovnaký ako on, a nájsť prekladač a po niekoľkonásobnom prečítaní stlačiť ODOSLAŤ.

Drahý Francois,

Ďakujem ti za tvoju správu. Ako ste sa o nás dozvedeli?" S úctou,

E-Z.

Francoisova odpoveď prišla späť tak rýchlo, že E-Z sa cítil ešte podozrievavejšie. Tentoraz v angličtine:

Drahý E-Z,

Ďakujem za vašu rýchlu odpoveď.

Moja učiteľka videla vašu webovú stránku a v rámci hodiny o aktuálnych udalostiach sme sa učili o vás a vašom tíme.

Dúfam, že sa čoskoro ozvete.

Váš priateľ,

Francois.

Určite to znelo dôveryhodne. Napísal ďalšiu správu a spýtal sa Francoisa, aké superhrdinské schopnosti môže ponúknuť svojmu tímu, aby to s nimi mohol prediskutovať. O chvíľu neskôr mu Francois poslal nasledujúcu správu:

Drahý E-Z,

Ďakujem ti za príležitosť povedať ti o mojich superhrdinských schopnostiach.

Po prvé, rovnako ako ty, ani ja som nebol vždy superhrdinom. To je niečo, čo máme spoločné. Preto som si myslel, že by som sa hodil do vášho tímu.

Namiesto rozprávania by som ti to rád ukázal. Priložená je súkromná pozvánka na pozretie nášho kanála YouTube - pomohol mi môj otec. Odkaz je dostupný len vám a platnosť pozvánky na pozretie vyprší o dvadsatštyri hodín.

Teším sa, že sa mi ozvete, keď si to pozriete.

Váš priateľ,

Francois.

Zvedavý a bez váhania E-Z klikol na odkaz. Vyskočila naňho správa, v ktorej ho žiadali o odpoveď na otázku, na ktorú nemal problém odpovedať, keďže sa týkala baseballu.

Po vstupe klikol na klip, zvýšil hlasitosť a ten sa okamžite spustil.

Prvou osobou, ktorú uvidel, bol chlapec, ktorý sa predstavil ako sedemročný Francois Dubois prostredníctvom textu, ktorý bol od neho preložený v spodnej časti obrazovky.

Chlapec bol vysoký, veľmi vysoký. V skutočnosti stál vedľa niekoľkých meracích tyčí. Jeho otec ich priblížil, aby ukázal, že Francois vo svojich siedmich rokoch meria už 163 centimetrov. Okrem výšky vyzeral Francois ako každý iný sedemročný chlapec, mal červenohnedé vlasy, na nose hrubé okuliare s tmavými obrubami, károvanú košeľu, modré džínsy a čierne bežky.

„Bonjour E-Z!" Francois sa rozžiaril úsmevom, ktorý prezrádzal, že mu chýbajú dva predné zuby.

E-Z úsmev opätoval a potom sledoval, ako Francois a jeho otec diskutujú vo francúzštine bez akéhokoľvek prekladu. Ich diskusia sa podľa gestikulácie rúk a výrazu tváre zdala byť vášnivá. Dúfal, že sa Francois nechystá pokúsiť o niečo nebezpečné.

E-Z sledoval, ako Francois pokračuje v chôdzi k najznámejšej pamiatke Paríža vo Francúzsku - Eiffelovej veži. Vonkajšia tabuľa oznamovala, že cena za vstup je pre osoby vo veku 12 až 24 rokov 5 eur. Francois zavrel oči a potom ich opäť otvoril. Počkajte chvíľu. Niečo sa zmenilo, možno to bolo osvetlenie.

Pokračoval v sledovaní, keď sa Francois postavil vedľa inej cedule, na ktorej stálo:

Svetová výstava v Paríži, 15. mája 1889.

„KTOVIE!" E-Z zvolal a snažil sa pochopiť, čoho bol práve svedkom. Cestovanie v čase?

Francois zavrel oči a bol späť vedľa pôvodnej cedule 12-24 rokov 5 eur.

Kamera sa celá rozmazala. Pozdĺž spodnej časti obrazovky sa objavili slová: „Moment, prosím."

S cvaknutím sa kamera opäť rozbehla, ale tentoraz stál Francois vedľa parížskej katedrály Notre-Dame de

Paris. Od veľkého požiaru v roku 2019 ju prestavovali a lešenie a žeriavy usilovne pracovali.

Francois ako predtým zavrel oči a potom ich znova otvoril.

„V žiadnom prípade!" E-Z zvolal.

Francois bol v roku 1163 práve v deň, keď bol položený prvý kameň veľkej katedrály Notre Dame.

E-Z stlačil pauzu. Že by to bol podvrh? Samozrejme, že mohlo. S dnešnou technológiou by mohol ktokoľvek sfalšovať čokoľvek. A predsa mu niečo v jeho vnútri hovorilo, že je to pravé. Potreboval však druhý názor. Potreboval strýka Sama.

Pri pohľade na pozastaveného Francoisa na obrazovke E-Z klikol na tlačidlo Štart. Francois zamával, keď sa klip skončil.

E-Z klikol a vrátil sa do svojej schránky. Stlačil odpoveď a napísal Francoisovi nasledujúci e-mail:

Drahý Francois,

Ďakujem, že si mi umožnil vidieť tvoju superschopnosť. Musím sa porozprávať s tímom. Ak sa rozhodneme prijať ťa, ako skoro sa k nám môžeš pripojiť?

Váš priateľ,

E-Z

Chvíľu počkal a znovu si prečítal svoju správu, než stlačil tlačidlo odoslať. Zvažoval, že zmení IF na WHEN. Nerozhodný zvážil Francoisovu superschopnosť cestovať v čase. Ten chlapec by bol úžasným doplnkom tímu.

Napriek tomu si musel vyžiadať druhý názor. Skôr ako sa nad tým zamyslel, pokračoval ďalej. Napísal Samovi: „Máš chvíľku?" „Áno, mám.

Do schránky mu vyskočil nový e-mail so slovami:

AHOJ E-Z,

Ak ma prijmeš do tímu, môžeš po mňa prísť?

Tvoj priateľ,

Francois.

To si musel trochu premyslieť.

Odpovedal:

Čo najskôr sa ti ozve.

Váš priateľ,

E-Z.

Sam vošiel do kuchyne: „Čo je, chlapče?"

„Prepáč, že ťa odvádzam od filmu."

„Už som aj tak kýval hlavou, takže som rád za rozptýlenie."

„Cez našu webovú stránku mi prišiel e-mail od chlapca z Francúzska, ktorý sa chcel pridať k nášmu tímu. Spolu s otcom natočili klip, už som si ho pozrel. Má pôsobivé schopnosti. Pozrite si ho a dajte mi vedieť, čo si myslíte.“

Sam zostal po celý čas ticho. Keď sa skončil, požiadal, aby si ho pozrel ešte raz.

Keď skončil druhýkrát, E-Z sa spýtal: „Čo si myslíš?“

„Myslím, že to, čo vidíme, je pôsobivé. Chlapec z Francúzska, ktorý cestuje v čase.“

„Taká superschopnosť by sa nám v našom tíme naozaj hodila.“

„Presne tak,“ povedal Sam. „A práve preto som voči nemu podozrievavý. Dopisovali ste si s tým chlapcom?“

E-Z prelistoval, čo sa doteraz povedalo.

„Ako vie, že si celý život nemal superschopnosti?“ spýtal sa.

„Áno, to som si tiež myslel. Ale myslím, že je to rozumný predpoklad. Je to inteligentný chlapec.“

„To je pravda,“ povedal Sam. „Nebude ti vadiť, keď si kliknem a uvidím, čo nájdem?“

E-Z prikývol a Sam prevzal kontrolu nad jeho notebookom. Skontroloval IP adresu, ktorá sa zdala byť legitímna. Nemal problém vystopovať jej polohu v Paríži.

Vyhľadal Francoisovo meno, zistil, akú školu navštevuje. Zistil, že hrá basketbal. Zistil, že je šikovný v pravopise. Nezdalo sa, že by sa dostal do problémov.

Potom Sam našiel úmrtné oznámenie Francoisovej matky, ktorá zomrela, keď mal päť rokov. Príčina smrti nebola uvedená, ale žiadalo sa, aby sa prispelo na Nadáciu pre rakovinu prsníka v Paríži.

„Všetko sa zdalo byť legálne," povedal Sam.

„Napriek tomu, ako si môžeme byť istí? Nechcem zbytočne riskovať."

„Jediný spôsob, ako to zistiť s istotou, by bol osobný rozhovor s tým chlapcom." Zaváhal: „Hm, pýtal sa, kedy si ho môžeš prísť vyzdvihnúť. Keď nad tým tak premýšľam, je to dosť zvláštny nápad na to, aby to navrhol chlapec, ktorý cestuje v čase."

„Áno, takto som nad tým neuvažoval."

„Jedno je isté, E-Z, ak ho niekto dostane, budem to ja. Potrebujeme ťa tu."

„Vážim si tvoju ponuku, strýko Sam, ale tvoj život v ohrození neprichádza do úvahy."

„Dobre," povedal Sam. „Ozval sa ti Alfréd?" "Áno, ozval.

Na znamenie Alfred sa prikradol do kuchyne. „ČO?" spýtal sa.

ZAP

Prišlo malé biele huňaté mačiatko.

„Bonjour E-Z, je m'appelle Poppet. Francois ma pozdravuje.“

„Ach jaj,“ bolo všetko, čo E-Z povedal.

Okamžite mu od Francoisa pípolal e-mail, ktorý znel:

„Dostala sa tam v poriadku?“

Strýko Sam povedal: „Tak to je odpoveď na našu otázku.“

E-Z napísal: „Áno, je tu.“

ZAP

Poppet zmizla.

„To je také super,“ napísal Francois. „Keď budete pripravení, ak ma chcete do svojho tímu, vyskúšam to sám.“

„Zatiaľ sa držte,“ povedal E-Z.

„Ako Poppet vedel, kde bývame?“ “Áno. Sam sa spýtal.

„To neviem.“

KAPITOLA 21
FRANCOIS DECISION

Na druhý deň spoločnosť E-Z zvolala mimoriadne stretnutie skupiny. Keď sa všetci usadili, hneď sa do toho pustil.

„Potenciálny nový člen požiadal o prijatie do nášho tímu. So Samom sme preskúmali jeho žiadosť a všetko vyzerá legálne."

„Podporujem tento názor," povedal Sam.

„Francois je cestovateľ v čase," prikývol E-Z.

„Páni!" Lia povedala.

„Úžasné!" Lachie povedal.

Ostatní mali podobné poznámky s výnimkou Charlesa, ktorý sa spýtal: „Čo je to cestovateľ v čase?"

„Ty si!" Brandy povedala.

„Je to niekto, kto cestuje z jedného času do druhého," povedala Lia.

„Možno si stačí pozrieť tento klip a lepšie pochopíte, všetci lepšie pochopíme, čo dokáže." Pozrel na Alfréda: „Ale skôr, ako sa porozprávame o Francoisovi, rád by som odovzdal slovo Alfrédovi, aby nás oboznámil s tým, čo objavil v knihe. Prepínam na teba, Alfred."

Trubač labutí si odkašľal, keď sa k nemu obrátili všetky oči.

„Prešiel som všetko, spredu, zozadu, zboku a obávam sa, že mi to veľmi nepomôže. Keďže Fúrie dostali konkrétny mandát - a oni ho dodržiavajú (aj keď obchádzajú pravidlá), ani si nemyslím, že by ich Zeus mohol potrestať za to, čo robia."

„Chceš povedať, že je to beznádejné?" Brandy sa spýtala.

„Nie, nehovorím, že je to beznádejné, ale jednoducho nevidím východisko. Teda ak nevedia to, čo vieme my."

„A to je?" Brandy sa spýtala.

„Erielov plán. Ako ich využíval. Kde je Eriel. Ako je nekomunikovateľný."

„Pravda, musia sa čudovať, prečo s nimi nekomunikuje," povedal Lachie.

„A to by mohlo vyvolať nedôveru," dodala Brandy.

„Čo ak," povedala Sam, ‚im tie informácie unikli?'
‚Myslela som na to isté,' povedala Samantha. „Možno by sa bez neho otočili chvostom a utiekli."

„Mohlo by to však ísť aj opačným smerom. Bez neho, ktorý by ich držal na vôdzke, by mohli. No, kto vie, čo by urobili!" E-Z povedal.

„Už nazbierali veľa duší," povedala Lia. „Myslím, že E-Z má pravdu. Keď budú vedieť, že je mimo hry, mohli by byť odvážnejší." "To je pravda.

Alfréd si všimol, že rozhovor naráža na stenu: „Tak sa porozprávajme o Francoisových superschopnostiach. Je to cestovateľ v čase. Ako by nám mohol pomôcť?"

„Ešte jedna vec," začal E-Z, "a všimol si to strýko Sam, takže možno on by bol najlepšou osobou na vysvetlenie."

„Nie, ty pokračuj," povedal Sam.

„Francois sem poslal mačiatko." "To je pravda.

„Mačiatko?" Sobo sa spýtal.

„Áno. volala sa Poppet a prišla do kuchyne. Od Francoisa som hneď dostala správu, v ktorej sa ma pýtal, či dorazila v poriadku. Pozdravila ma - áno, vedela rozprávať. Po potvrdení, že dorazila v poriadku, opäť vyskočila. Sam neskôr položil otázku, ako vedela, kde bývame?"

„Počkaj chvíľu," povedal Charles. „Nepovedal mi niekto, že vaša adresa je zverejnená na internete?"

‚Áno,' povedal Charles.

„Aj ja som to počula," povedala Brandy.

Sam povedal: „Páni, to sa zdá byť ako pred vekmi, ale je to pravda."

Zhromaždili sa okolo Sama a videli, ako je ich dom online pripojený na webovú stránku, aby ho videli všetci na svete.

„No, o tom niet pochýb. Ak vedia, kto sme, potom vedia aj to, kde sme," povedal Sam. „Ibaže..."

„Ibaže čo?" E-Z sa spýtal.

„Ibaže nie sú takí technicky zdatní, ako si myslíme."

Sobo povedal: „Nikdy nepodceňuj nepriateľa. Tak sa z nehodných zloduchov stávajú hrdinovia."

„Dobre, najprv sa pozrime, ako Francois cestuje v čase, a potom urobme nejaký brainstorming o tom, ako by nám mohol pomôcť poraziť Fúrie," povedal E-Z.

Mlčky sledovali klip. Keď sa skončil, E-Z povedal: „Napíšem zoznam. Kto chce začať?"

„Nie," povedal Sam. „Myslím, že by sme ho mali spísať po starom. Vieš, perom a papierom." Siahol do kuchynskej zásuvky a vytiahol zápisník, ktorý používali na zoznamy potravín, a pero. „Ty sa pustíš do brainstormingu, ja budem sekretárka. A nemusíš mi ani platiť plat.“

Niekoľkokrát sa zasmiali a uškrnuli, potom sa nápady začali sypať:

#1. Francois by sa mohol vrátiť v čase, zistiť, čo sa stalo PJ a Ardenovi, a zastaviť to.

#2. Francois by sa mohol vrátiť v čase a zabrániť tomu, aby boli všetky deti zabité.

#3. Francois by sa mohol vrátiť v čase a zabrániť tomu, aby boli E-Zovi rodičia zabití, zabrániť jeho nehode.

#4. To isté platí aj o Liainej nehode.

#5. Ditto re: nehoda Alfredovej rodiny.

#6. Ditto re: Lachlan je zavretý v klietke.

Interlúdium.

Haruto bol so svojou novou rodinou šťastný. Koniec príbehu.

Brandy nevadilo, že môže zomrieť a znova ožiť, hoci sa pýtala, či je návrat do dňa konkurzu reálnou možnosťou. Táto žiadosť bola jednohlasne zamietnutá.

Charles tiež nič neľutoval.

Brainstorming pokračoval:

#7. Francois by sa mohol vrátiť do doby pred vytvorením Fúrií, aby zabezpečil, že dostanú Achillovu pätu.

#8. Francois by sa mohol vrátiť v čase do prvého dňa, keď sa Eriel stretol s Fúriami. Mohol by byť špiónom. Alebo by mohol zabezpečiť, aby sa vôbec nestretli?

#9. Ak Poppet mohla vyskočiť a odísť, mohol by Francois urobiť to isté?

Alfred povedal: „Počkaj chvíľu. Je to úplne bláznivé, ale čo keby sa Francois vrátil a zrušil Fúrie z existencie."

„Páni, to je výborný nápad!" E-Z povedal. „Ale vo všetkých príbehoch o cestovaní v čase, ktoré som čítal, sa hranie sa so životmi a zmena udalostí vždy odsudzuje."

„Áno, to si pamätám z Návratu do budúcnosti. Ale z vlastnej skúsenosti, " vysvetlila Brandy, "keď zomriem a znova sa vrátim, je to, akoby sa udalosti, ktoré viedli k mojej smrti, nikdy nestali. Je to ako sen, ak vieš, čo tým myslím."

„To nie je pravda." Sam sa pretiahol a zívol. „Deti sa čoskoro prebudia. Nechcem prekračovať hranice vedenia E-Z, ale myslím, že musíme stráviť nejaký čas premýšľaním, kým podnikneme nejaké kroky.“

„Súhlasím. Ďakujem všetkým za výborný brainstorming,“ povedal E-Z.

A stretnutie bolo ukončené.

KAPITOLA 22
TEPLÉ MLIEKO

Lia a ostatní strávili deň vlastnými aktivitami. Večer sa vyčerpaná prehadzovala, ale nemohla zaspať. Frustrovaná po hodinách bez spánku a neustálych starostí zišla dolu po trochu teplého mlieka.

Strčila hrnček do mikrovlnnej rúry, stlačila 40 sekúnd a potom stlačila štart. Ako hodiny odpočítavali, sledovala čísla 39, 38, 37, 36 atď., kým sa neobjavilo číslo 33. Bolo to posledné číslo, ktoré videla.

„Ehm, ahoj, Malá Dorritka," povedala a želala si, aby si obliekla župan. „Kam ideme?"

„Sme na misii," povedal jednorožec. „Kam ideme?"

„Ty nevieš komu?"

„Nie. Staral som sa o svoje veci, keď si ma zavolala, Lia, nepamätáš sa?"

„Ja som ťa nevolala," povedala Lia. „Ešte som nebola spať. Je to zvláštne."

Jednorožec zastal vo vzduchu.

WHOOSH

Malá Dorrit vzlietla plnou rýchlosťou.

„Argghh!" Lia vykríkla a držala sa ako o život. „Čo sa to deje? Prečo ideš tak rýchlo?"

„Neviem," povedal jednorožec. „Je to, akoby ma niekto alebo niečo ovládlo." Pokúsila sa zastaviť, ako to urobila len pred chvíľou. Teraz, nech robila čokoľvek, nedokázala zastaviť. Nemohla ani spomaliť.

„Pevne sa drž!" Malá Dorrit zakričala, keď sa jej telo začalo kotúľať dopredu hlavou nadol. „Ale nie!"

Lia vykríkla, ale držala sa ako o život. Nakoniec sa prestali kotúľať, ale namiesto toho, aby spomalili, zrýchlili ešte viac.

Leteli ďalej a ďalej, keď sa noc zmenila na deň. Ako si slnko razilo cestu na oblohu, vzdialenosť medzi ním a nimi sa zmenšovala.

„Mám pocit, že mi horí koža!" Lia vykríkla.

„Tak ako môj kožuch," povedala Dorritka. „Skúsim nás ešte raz otočiť." Skúsila to a ako predtým sa kotúľali hlava-nehlava, hlava-nehlava, zmenšujúc vzdialenosť medzi nimi a horúcim slnkom.

„Musíme sa otočiť!" Lia zakričala. „Ak to neurobíme, je s nami koniec."

„Ale zdá sa, že nemôžem zastaviť. Zdá sa, že nemôžem nič urobiť. Počkaj, poprosím Baby o pomoc."

S planúcim slnkom ako kulisou sa pred nimi objavili tri okrídlené bytosti. Držali sa za ruky, ako sa ich sčerneté rúcha vírili a krútili okolo ich tiel.

SNAP!

SNAP!

SNAP!

bol zvuk, ktorý naplnil vzduch, zvuk praskajúceho biča, keď k nemu Lia a Malá Dorrit boli priťahované ako na vlečnom lúči. Hromy sa valili, hoci nebolo vidieť žiadne búrky, keď sa k nim natiahli chápadlá slnka, ktoré hrozilo, že rozloží ich samotnú existenciu.

„Je s nami koniec!" Lia povedala. „Ďakujem, že ste sa nás pokúsili zachrániť." Objala jednorožca. „Určite by som si priala, aby si mal opraty. Potom by som ťa možno mohla otočiť."

ZAP!

Objavili sa opraty.

Lia okolo nich obtočila ruky, ale skôr než ich stihla ovládnuť, rozplynuli sa do prázdna.

„Máš pravdu, myslím, že sme skončili," povedala Malá Dorrit. Z očí jej stekali sklenené slzy.

BONJOUR

„Mohol by som vám pomôcť?" objavil sa Francois.

„Určite môžeš," zvolala Lia. „Dostaňte nás odtiaľto!"

„Zavri oči a pevne sa drž," povedal Francois.

Lia a Malá Dorritka sa triasli od strachu.

DING. CINK. CINK.

Mikrovlnná rúra. Kuchyňa.

Lia klesla na podlahu.

Malá Dorrit bezpečne pristála v chladnom potoku, kde sa rozprskla a potom zamierila domov.

„Kde si bola?" Dieťa sa spýtalo.

„Hádam si nedostala môj odkaz. To je jedno. Som príliš unavená," povedala Malá Dorrit. „Ráno ti o tom poviem."

KAPITOLA 23
NASLEDUJÚCI DEŇ

Keď bola Sobo na rade s prípravou raňajok, práve ona našla Liu na zemi zrolovanú ako odhodené klbko vlny.

Sobo vydal zo seba výkrik: „Poď rýchlo! Naša Lia potrebuje pomoc!"

Samantha prišla ako prvá. Okamžite priložila pery na Liino čelo, aby skontrolovala teplotu, a potom zakričala na manžela, aby priniesol teplomer na dvojitú kontrolu.

„Má teplotu 107,7," potvrdila Sam. „Musíme ju dostať do nemocnice."

Samantha stisla tiesňovú linku, zatiaľ čo Sam zdvihla Liu, odniesla ju a položila na pohovku a čakali na sanitku.

„Podržím ju," povedal Sam, keď jeho žena a Sobo nasledovali záchranárov, ktorí niesli Liu v bezvedomí na nosidlách.

Keď sa sanitka s húkajúcou sirénou vzdialila od obrubníka, Lia otvorila oči a pokúsila sa posadiť.

„Cítim sa dobre," povedala.

Záchranár jej znova skontroloval teplotu a tá bola v norme. Pokrčil plecami.

Kým dorazili do nemocnice, Lia bola opäť vo svojej koži a chcela sa vrátiť domov - hneď.

„Hoci jej životné funkcie sú teraz v poriadku, keďže ste nás zavolali, musíme to dotiahnuť do konca. Lia bude prijatá, a keď jej privolaný lekár dá súhlas, bude môcť ísť domov."

„Tak ma aspoň pustite dnu," povedala ošetrovateľka, keď vodič otvoril dvere.

„Nie, slečinka, ty zostaň na mieste," povedal, keď sa pripravovali vniesť nosidlá a ich obyvateľku dovnútra a Samantha so Sobom ich nasledovali.

Samantha napísala Samovi aktuálnu správu. Odpovedal jej emotikonom so zdvihnutým palcom, práve keď prakticky vošla do PJ a Ardenových rodičov, ktorí boli na ceste von.

„Sú už hore! Naši chlapci sú hore!"

„Obaja?" Samantha zvolala, keď túto najnovšiu informáciu odovzdala Samovi, ktorý, zobudil svojho synovca, aby mu oznámil dobrú správu.

„Hneď som tam!" E-Z povedal po tom, čo zavolal taxík.

KAPITOLA 24
V NEMOCNICI

E-Z bol na ceste za svojimi dvoma najlepšími priateľmi. V taxíku si v duchu stále dokola opakoval dobré správy. Stalo sa toho toľko. Toľko toho zmeškali. Toľko vecí im musel povedať. Chcel im to povedať.

„Viete, v ktorej izbe?" spýtala sa ho sestrička.

Povedal jej, že nie, a ona mu ju rýchlo našla. Po tom, čo jej poďakoval, chytil výťah a zamieril do ich izby a premýšľal, či im má niečo kúpiť. Kvety? Cukríky. Rozhodol sa, že sa ich spýta, či niečo nepotrebujú.

Prišiel tesne pred ich dvere, vo vnútri počul ich hlasy a na chvíľu sklopil zrak, kým dal najavo svoju prítomnosť. Potom sa zhlboka nadýchol a snažil sa udržať svoje emócie, aby ho nezmohli - nechcel sa rozčuľovať a privádzať do rozpakov...

„Poď ďalej, ty veľký mäkkýš!" PJ povedal.

"Ahhhhh, he missed us!" Arden sa ozval.

„Nemali by ste po tom všetkom spánku na krásu vyzerať lepšie? Mimochodom, obaja sa potrebujete oholiť!"

„Nechceme vás zatieniť a ja si tak trochu žijem pocitom svojich fúzov," povedal Arden.

„Vieme, že miluješ pozornosť! Vidím, že aj tvoja kefa na fľaše by potrebovala zastrihnúť!"

PJova mama, ktorá sa práve vrátila do izby, pošepkala E-Z, že nechcú, aby to chlapci preháňali, keďže sú hore len pár hodín.

Po krátkom rozhovore E-Z objal oboch kamarátov a povedal, že musí ísť. „Ešte sa vrátim," sľúbil, "a prepašujem do seba jeden alebo dva hamburgery - počul som, že nemocničné jedlo je naozaj veľmi zlé."

„Nebudeš!" Ardenova matka sa ozvala, keď sa tiež vrátila do izby.

Odsunul stoličku, Ardenova matka stála oproti nemu, jeho dvaja priatelia dali ruky k sebe a prosili ho, aby im, prosím, priniesol jedlo.

Keď sa vydal chodbou, nemohol uveriť, ako veľmi mu chýbali - a ako dobre vyzerali. Zišiel výťahom na pohotovosť, kde našiel Samanthu a Soba.

„Nejaké novinky?" Spýtal sa E-Z.

„Bola v poriadku, zúrivá, že ju nechali na vyšetrenie," povedala Samantha. „Ale budem sa cítiť lepšie, keď dostane súhlas a budeme sa môcť odtiaľto dostať."

„Ja tiež," povedal E-Z. „Pôjdem sa na to pozrieť." Tlačil sa chodbou. Počúval, ako ide k hlasom vo vnútri zatiahnutého priestoru, ktorý považoval za predpríjmovú stanicu. Nakoniec počul vo vnútri Liin hlas a vošiel dnu.

„Prosím, počkajte vonku," povedala sestra.

„Ale ona je moja sestra."

„Chcem ísť domov - hneď!" žiadala a potom si prekrížila ruky na hrudi.

„Prepustia vás hneď, ako lekár povie, že vás môžu prepustiť. A ani o chvíľu skôr."

„Ako sa ti darí? Mama sa o teba bojí."

„Nechám vás dve samé, aby ste sa porozprávali," povedala sestrička. „Doktor by mal prísť už čoskoro. A uistite sa, že zostane pokojná."

„Ehm, vďaka," povedal E-Z.

Keď odišla, objali sa.

„Malá Dorrit a ja sme sa takmer spálili na slnku!" povedala. Porozprávala E-Zovi všetko, ako sa to stalo, od začiatku do konca.

„Zaujímavé, že to bol Francois, kto ťa zachránil."

„Neviem, ako to vedel. Malá Dorrit a ja sme si mysleli, že je po nás. Určite to boli Fúrie. Chceli nás upáliť! Začínali sme byť spopolnení. Sú to strašné, zlé čarodejnice!"

„Boli tam hady?" E-Z sa spýtal

„Hady a biče."

„To znie ako Fúrie." E-Z zaváhal. Zmenil tému. „Počul si už o PJ a Ardenovi?"

Pokrútila hlavou.

„Zobudili sa!"

„V žiadnom prípade! To je zvláštna náhoda, nemyslíš? Snažia sa zlikvidovať Malú Dorritku a mňa, a medzitým sa prebudia dvaja kamaráti v kóme."

„Máš pravdu, myslím, že to spolu súvisí."

Samantha odhrnula záves: „Čo všetko spolu súvisí?" Objala svoju dcéru. „Ako sa teraz cítiš, zlato?"

„Ja nie som dieťa," povedala Lia. „Ale cítim sa lepšie a chcem ísť domov. Potom, čo navštívim PJ a Ardena."

Sobo vošiel dnu. Objala Lia.

„Čo sa ti stalo?" spýtala sa.

Lia jej opäť všetko vysvetlila. Jej matka to neprijala tak dobre ako Sobo. E-Z sa ponáhľala a naliala Samovi pohár vody. Zato Sobo mal veľa otázok. „Ohrievala si mlieko, v mikrovlnnej rúre?" ‚Áno,' odpovedala.

Lia prikývla.

„A vtedy ťa z kuchyne vypoklonkovali?"

„Áno, a rovno na chrbát Malej Dorrit. Malá Dorritka povedala, že som ju privolala, ale ja som ju neprivolala."

„A čo sa stalo potom?" Sobo sa spýtal.

„No, Malá Dorrit lietala a rozprávali sme sa, a keď ani jeden z nás nevedel, kam a prečo letíme, rozmýšľali sme, že sa vrátime. Vzápätí sme si uvedomili, že Malá Dorrit a ja sme boli tlačení čoraz bližšie k slnku bez toho, aby sme mali silu sa otočiť."

„Ale ty a Malá Dorrit nespĺňate kritériá Fúrie. Nemali by mať možnosť dotknúť sa ani jedného z vás!" E-Z zvolal.

Samantha povedala: „Možno je to len náhoda.

Sobo zopakoval jej radu z minulosti: „Nikdy nepodceňuj nepriateľa."

Keď Lia dostala povolenie ísť domov, spolu s E-Z prekvapili PJ a Ardena cheeseburgermi a hranolkami, ktoré prepašovali.

Cestou domov v taxíku so Samanthou, Sobom a Lia mysleli E-Z na jednu jedinú vec. Fúrie zaútočili na Liu a Malú Dorrit a neuspeli. Nielenže neuspeli - vďaka Francoisovi -, ale vesmír im nejako, nejakým spôsobom poslal späť PJ a Ardena.

Náhoda? Myslel si, že nie. Namiesto toho chcel veriť tomu, že sila Fúrií sa zmenšila, ak sa odvážili prekročiť svoj mandát.

Tak či onak, on a jeho tím museli byť kedykoľvek pripravení využiť situáciu.

Toto mohla byť ich jediná šanca.

Jediná výhoda v ich prospech.

KAPITOLA 25
SOBO

„ Musím sa spýtať ešte jednu otázku," spýtal sa Sam E-Z predtým, ako všetci prišli na stretnutie.

„Dobre, pýtaj sa," povedal E-Z.

„No, zaujímalo by ma, prečo Rosalie nevie o Francoisovi."

„Ja," ďalej sa E-Z nedostal, než do kuchyne vošli Brandy a Lia.

„Nás si nevšímajte," povedala Brandy, keď sa pustila do otvárania chladničky, vytiahla pomarančový džús a dopila ho, kým nádobu hodila do odpadkového koša.

„Ehm, mala by si to najprv vypláchnuť," povedal E-Z, čo Brandy aj urobila. Potom sa zvalila na stoličku a chrbtom ruky si utrela ústa.

„Prepáčte, nechcela som byť nezdvorilá, viete, zastaviť sa tak náhle, ako som to urobila. Chcela som, aby sme tu boli všetci a prediskutovali obavy strýka Sama."

„To je fér," povedala Lia a sadla si vedľa Brandy.

Jeden po druhom prichádzali ostatní a zaujali svoje miesta okolo stola.

E-Z začal tým, že všetkých informoval o zázračnom uzdravení PJ a Ardena, po ktorom nasledoval búrlivý potlesk všetkých, vrátane tých, ktorí ich ešte ani nepoznali.

„Ďalej je na programe a myslím, že tieto dva body môžu byť prepojené, Lia a malá Dorrit boli podvodom prinútené opustiť dom a ich životy boli ohrozené. Keby nebolo Francoisa, Fúrie, ktoré považujeme za zodpovedné, by možno uspeli."

„Bravo Francois!" Charles povedal.

„Ako ťa oklamali?" Brandy sa spýtala.

„Kde sa to stalo?" Lachie sa spýtal.

„Lia, chceš to povedať?" Spýtal sa E-Z. Pokrútila hlavou, že nie. „Skoč do reči, ak mi niečo unikne," povedal. Pokračoval a vysvetlil, čo sa stalo a prečo si mysleli, že sú za to zodpovedné Fúrie.

„Odvtedy premýšľam o Fúriách a ich mandáte. Ako vieme, musia sa ním riadiť. Keď sa pokúsili zabiť Liu a Malú Dorrit, porušili pravidlá. Aký dôvod mohli uviesť, že sa pokúsili zabiť Liu alebo Malú Dorrit? Nielenže konali proti svojmu mandátu, ale ani neuspeli. A teraz zvážte, čo sa stalo presne v tom istom čase - myslím samozrejme PJ a Ardena - prebrali sa z kómy. Náhoda? Myslím, že nie.

„A čím viac si ich v mysli spájam, tým viac uvažujem, či Fúrie neoslabujú. Ak mám pravdu, potom je možno práve teraz ten správny čas, aby sme ich zničili."

„Je to možné," povedal Alfréd, "ale pamätám si, že som v školských časoch čítal o Einsteinovi - čo by mohlo dokazovať opak. Teda, možno to vôbec neboli Fúrie. Mohlo ísť o narušenie časopriestorového kontinua. Keďže Francois ich dokázal zachrániť a nikto z nás nevedel, že sa to deje, zdá sa, že je to možnosť, ktorá stojí za preskúmanie, nemyslíš?"

Sam sa prešiel. „Vzhľadom na všetko, čo vieme o Fúriách, a na to, čo si pamätám zo štúdia o Einsteinovi - aby vôbec mali šancu ohnúť časopriestorové kontinuum, Lia a Malá Dorritka by museli cestovať rýchlejšie ako svetlo - 186 282 míľ za sekundu. Ak by ste išli takou rýchlosťou, pohybovali by ste sa v čase dozadu, nie dopredu."

„Cestovali sme rýchlo, ale nie tak rýchlo," povedala Lia.

„Ešte raz nám povedz, čo sa stalo, Lia. Snímku po snímke. Až do momentu, keď sa objavil Francois," povedal Alfred.

Liin príbeh sa začal v kuchyni a skončil sa v nemocnici.

Zdvihnutím ruky všetci hlasovali, že veria, že za to sú zodpovedné Fúrie, no stále nikto nedokázal vysvetliť, prečo to Francois vedel alebo ako bol privolaný.

„Volali ste ho?" Spýtal sa E-Z. „Teda, ako to vedel? Na čo sa ho mám v úmysle opýtať."

„Čo ma vracia tam, kde sme dnes začali," povedal Sam. „A moja otázka znie, prečo Rosalie nevedela o Francoisovi." "Prečo?

„A ako je na tom malá Dorritka?" Sobo sa spýtal.

„Neviem, ako je to s Francoisom, ale jednorožec spal, keď som si dnes ráno odskočil po trávu."

„Ach, to je dobre," povedala Lia.

„Možno majú lekári vysvetlenie, prečo sa PJ a Arden zobudili vtedy, keď sa zobudili?" Sam sa spýtal.

„To je pravda, mohli by, ale nevidím, že by to pre nás malo význam. V skutočnosti nie. Hlavné je, že sa zobudili, a my stále nevieme, či za nich boli zodpovedné Fúrie. Máme však dôkazy, čo robili iným deťom, a tak či onak ich musíme prinútiť zaplatiť. A musíme ich prinútiť, aby prestali."

„Možno majú lekári vysvetlenie, prečo sa PJ a Arden zobudili vtedy, keď sa zobudili?" Sam sa spýtal.

„To je pravda, možno áno, ale nevidím v tom pre nás žiaden význam. Ani nie. Hlavné je, že sa zobudili, a my stále nevieme, či za nich boli zodpovedné Fúrie. Máme však dôkazy, čo robili iným deťom, a tak či onak ich musíme prinútiť zaplatiť. A musíme ich prinútiť, aby prestali."

„Tu! Tu!" Charles buchol rukou po stole.

„Môžeme sa ešte trochu porozprávať o Francoisovi," spýtala sa Brandy.

„Čo ak nám nebude chcieť nič povedať," spýtal sa Charles, "ak ho neprijmeme za člena tímu?"

„Charles má správnu poznámku," povedal E-Z. „Som pripravený použiť to ako skúšku s Francoisom. Ak nám nechce povedať, čo vie, možno nemá byť jedným z nás." ‚A čo?' opýtal sa.

„Čo ak je naozaj dobrý klamár?" Brandy sa spýtala. „A niektorí ľudia sú výborní klamári."

Lia povedala: „Čo keby sme si urobili priblíženie? Môžeme sa s ním všetci porozprávať, zistiť, čo je zač, a potom o ňom môžeme hlasovať? Ja som už pripravená hlasovať za."

„Nie," povedal E-Z. „Nechcem, aby vedel o Charlesovi, Harutovi, Lachie alebo Brandy. Jediné, čo teraz vie, je to, čo si môže nájsť na internete."

„A predsa," vložil sa do toho Sam, "Poppet sa dokázala dostať do nášho domu."

„Áno, to je ono," povedal E-Z.

„Navyše zachránil Malú Dorrit a mňa - takže o nej vie."

„„Mám pocit, že sa točíme stále dookola," povedal Alfred. „Medzitým zomierajú ďalšie deti a dostávajú sa do Lovcov duší, ktorí patria iným, čo zomreli," povedal Alfred. „Tak som dúfal, že po tom, čo som rozlúštil informácie v knihe, budeme ďalej."

„Počkaj chvíľu," povedal E-Z. „Videl dnes niekto Hadžu a Reikiho?" ‚Áno,' povedal.

Nikto ho nevidel.

E-Z zazvonil telefón. Prišla dlhá textová správa od PJ a Ardena:

„Nepýtajte sa nás ako, ale vieme, že Fúrie idú k vám. A áno, máme plán. Potrebujeme to vedieť hneď, ako ich uvidíte. Pošli nám správu - a Haruto."

E-Z odpovedal. „Čo????"

„Verte nám," napísal PJ.

Obaja si vymenili emotikony s palcom hore, potom Harutovi a ostatným vysvetlil situáciu.

Keď vedel, že Fúrie sú pripravené začať boj teraz, na území nepriateľa a bez svojho vodcu Eriela, E-Z pocítil úzkosť. Vďaka PJ a Ardenovi však stratili moment prekvapenia.

Stále sedieť a čakať na ich príchod nebola najlepšia stratégia.

Teraz však mali výhodu. Stačilo im len sedieť a čakať - a dúfať.

KAPITOLA 26
NEOČAKÁVANÍ NÁVŠTEVNÍCI

Všetcisa venovali svojim záležitostiam a snažili sa zabaviť, kým čakali. Potom sa aj cez tehlové steny predral neprehliadnuteľný zápach.

„Čo je to?" Lia vykríkla a prstami si pridržiavala zatvorený nos. „Stále to cítim!"

Brandy robila to isté pravou a ľavou rozprašovala po miestnosti osviežovač vzduchu, ktorý namiesto toho, aby silu zápachu zmenšil, akoby vzduch zahusťoval a umocňoval.

„Poďme von!" Lachie povedal. „Možno je to tam lepšie?" Otvoril dvere, hoci logika mu hovorila, že ak je zápach vo vnútri zlý, vonku musí byť ešte horší. Spočiatku sa jeho zmysly dali oklamať a nič necítil.

Žeby si na to zvykal? Bombardovali Fúrie smradom vnútro domu?

Potom zbadal Malú Dorrit a Baby, ako krúžia nad ním. „Tu hore to nie je o nič lepšie!" Baby povedala.

„Nezáleží na tom, ako pôjdeme!" Malá Dorrit sa pridala.

Potom ho to opäť zasiahlo, smrad ako facka do tváre a na chvíľu stratil rovnováhu. Všimol si šnúru na bielizeň a kolíky a rozbehol sa k nim. Jednu si pritlačil na nos a voilá, už nič necítil. Mávol na Malú Dorritku a Baby, aby prišli dole, a keď to urobili, priložil potrebné kolíky (ich nosy potrebovali niekoľko), až kým aj oni už necítili smradľavý zápach.

„Vďaka," povedali Malá Dorrit a Baby, keď sa zdvihli zo zeme. „Budeme dávať pozor."

Lachie im ukázal palec hore a potom si všimol, že po cestičke smerom k plotu sa vzadu v záhrade deje menší rozruch. Skupinka tvorov vytvorila kruh, akoby mali poradu. Zamieril k nemu, keď sa sova zdvihla z konára a pristála mu na pleci.

„Ehm, ahoj," povedal a pozrel sove do očí. „Už sme sa niekedy stretli?" Sova prikývla a vtedy spoznal, kto to je. Bol to Sobo. „Keď si hovoril, že tvoja superschopnosť je premena, tak som si ťa takto nepredstavoval!"

„Haruto to nevie," povedala. „Aspoň si myslím, že si ma nepamätá - zatiaľ." Odletela späť k skupine tvorov: „Pridaj sa k nám," povedala.

Lachie prešla medzi nimi a postupne sa zoznámila s jeleňom menom Oboe, mývalom menom Charlie, líškou menom Louise, vtákom (modrou sojkou) menom Lenny a druhým vtákom (kardinálom) menom Percy.

„Prišli sme, aby sme pomohli," povedal jeleň Oboe, "ale veľmi sa bojíme Fúrie."

„Nechajte ma na nich!" Mýval Charlie zvolal. „Vyškriabem im oči."

„A ja im vytrhnem krk!" zvolala líška Voška.

„Páni! Počkaj!" Lachie sa ozval. „Toto nie je tvoj boj. Hoci si vážim, že nám chceš pomôcť, prečo nám to najprv nedáš? Ak budeme potrebovať tvoju pomoc, zapískam a potom môžeš prísť?"

„Má pravdu," povedal Sobo. „Aj keď tým nemyslí mňa." Pozrela na Lachieho, aby sa uistila, že jej domnienky sú správne, a odpovedala prikývnutím. „Musím chrániť svojho vnuka a ostatných."

Lenny a Percy, dvaja ďalší vtáci, si medzi sebou štebotali.

Sobo, ktorý bol predtým pokojný, teraz začal mávať najnezvyčajnejším spôsobom a opakoval: „Prichádzajú zlé veci! Strašné veci sa blížia! Strašné veci sa blížia!"

„Ticho, Sobo," povedal Lachie a snažil sa ju upokojiť. „Sme pripravení a oni nevedia, že vieme, že prichádzajú."

BUCH BUCH BUCH BUCH BUCH

BUCH BUCH BUCH BUCH BUCH

BUCH BUCH BUCH BUCH BUCH

Bol zvuk, ktorý vydávala zem pod ich nohami, pulzujúca ako srdce snažiace sa vyraziť z hrude.

Po úderoch nasledovalo bubnovanie.

Potom bubnovanie.

"Furie prichádzajú!

Fúrie prichádzajú!

Fúrie prichádzajú!"

Zatiaľ čo sa obloha nad nimi zmietala

a otáčala sa.

A horela.

Od žiarivej modrej po krvavú oranžovočervenú.

Susedia vyliezli von, ako to susedia robia - aby zistili, čo je to za smrad. Niektorí hluční parkujúci omdleli, keď ich zmysly premohli, a niektorí si priniesli na verandu popcorn, aby ho zjedli a pozerali sa.

Netušili, aké nebezpečenstvo sa k nim blíži.

A predsa tu boli stopy.

Hrmiaci šepot.

Búchavý šepot.

Napriek tomu sa mnohí neuchýlili do bezpečia svojich domovov.

Namiesto toho jedli popcorn a pili limonády a čakali.

GAPING

Bez úniku.

Zatiaľ čo samotná zem pod ich nohami bola

BUCHOT BUCHOT BUCHOT BUCHOT

BUCH BUCH BUCH BUCH BUCH

BUCH BUCH BUCH BUCH BUCH

Potom sa po dunení ozvalo bubnovanie.

Potom bubnovanie.

"Furie prichádzajú! Fúrie prichádzajú! Fúrie prichádzajú!"

✳✳✳

Poďme von!“ E-Z zvolal. „A postavme sa im tvárou v tvár!“ Hodil vchodové dvere dokorán, takže narazili na stenu.

Brandy, Lia, Haruto, Charles a Alfred stáli za ním, pripravení zasiahnuť v okamihu, keď dostanú rozkaz.

Obzrel sa cez plece, aby videl Sam a Samanthu na ceste von: „Vy nie,“ povedal. „Deti vás potrebujú vo vnútri. Nechajte to na nás.“

Sam a Samantha sa stiahli.

Teraz stáli štyria vojaci vedľa seba na trávniku pred domom a čakali. Pre cudzinca mohli vyzerať ako skupina detí, ktoré čakajú na príchod školského autobusu v bežný školský deň. Ale toto nebol normálny deň. Toto bol Armagedon.

Lii sa triasli ruky a chvela sa, keď pátrala vo svojej mysli, otvorila sa svojej mysli a dúfala, že rozlúšti, že jej superschopnosti jej umožnia prístup k mysli Fúrií. Že sa jej podarí vložiť sa tam a nájsť nejaké stopy, nejaké informácie, ktoré by pomohli jej tímu - ale jej myseľ zostala prázdna.

Alfred povedal: „Vyletím na strechu. Uvidíme, čo uvidím."

E-Z prikývol. „Buď v bezpečí. A pozri sa, či nájdeš Lachieho a Soba." Už zbadal jednorožca a draka, ako letia vysoko nad nimi. Ukázal im palec hore.

Hlasno zapískali a Sobo sa vrhol dolu, Lachie mu skočil na chrbát a spoločne sa pripojili k Alfredovi na streche. Vedľa nich pristála sova.

„To je Sobo," povedal Lachie.

„Vidíš niečo?" E-Z sa spýtal.

Alfréd zamával krídlami: „Blíži sa k nám obrovská polica veľká ako ľadovec, ale pohybuje sa rýchlo."

E-Z sa pokúšal predstaviť si to v mysli, ale nedokázal to, pretože ako, dočerta, chceli on a jeho tím niečo také zastaviť? Ako?

„Pohybuje sa to smerom k nám ako cunami," povedal Alfred.

„Ale nie je to z vody," povedal Lachie. „Vyzeralo to, akoby to bolo z piesku. Piesočná vlna. Nesie tri ženy oblečené v čiernom."

Piesočná vlna, áno, teraz si to vedel predstaviť. „ETA? Teda odhadovaný čas príchodu?" E-Z sa spýtal.

„Ťažko povedať," povedal Alfred. „Minúty..."

Celý čas im pod nohami naďalej bubnovala zem.

A bubnovala.

"Furie prichádzajú! Fúrie prichádzajú! Fúrie prichádzajú!"

✳✳✳

Choďte dovnútra!" E-Z zakričal na zvedavých susedov. „Zatvorte dvere, zamknite ich. A niekto vyvesí oznámenie na sociálne siete. Povedzte všetkým, aby zostali vnútri. Povedzte im, aby už nevychádzali von, kým odo mňa nedostanú povolenie! Teraz choďte!"

SLAM.

SLAM.

Cez jeho plece sa pozerali von Alfréd, sova, Lachie a Baby a sledovali, ako mávnutím ruky zmenšujú vzdialenosť medzi Fúriou a jeho tímom, zatiaľ čo Malá Dorritka ich z výšky pozorne sledovala.

Bolo už neskoro na to, aby vymyslel nejaký plán. Príliš neskoro na to, aby robili čokoľvek iné, len dúfali, že sú pripravení, pretože vietor ich bičoval a tlačil a zem búšila synchrónne s údermi ich sŕdc.

KRÁĽ.

Za ním sa vylomili vchodové dvere a vyleteli z pántov. Odrážali sa a hrkotali preč po ulici, kým napokon spočinuli na rovine.

Sam vyšiel von. E-Z sa otočil na stoličku smerom k nemu a neveril vlastným očiam.

Sam si poskladal kostým, respektíve viacero kostýmov, čím si vytvoril vlastnú postavu superhrdinu. Na hlave mal rytiersku prilbu s vyklopenou maskou. Keď sa pohol dopredu, spustila sa a on ju musel zaklapnúť späť na miesto. Na oči si nanášal čiernu masku - takú, akú nosia hráči bejzbalu, aby zlikvidoval odlesky pod očami. Hruď mal vypuklú, akoby mal pod tričkom nepriestrelnú vestu, a za ním sa ťahal dlhý čierny plášť. Na dolnej polovici tela mal čierne džínsy a na nohách obľúbené bežecké topánky.

Tím superhrdinov sa snažil nesmiať, keď si razila cestu popri nich, a všimli si, že na látke cez plecia má našité svoje superhrdinské meno - SAM THE MAN.

Malá Dorrit sa vrhla dolu a hodila Brandy na chrbát. Vzápätí Lachie vyskočil na Babyho chrbát a vzlietol. Pozrel sa na strechu. Malá Dorrit tam už nebola. Alfréd a sova sa zdvihli zo strechy. Všetci pristáli vedľa E-Z a ostatných.

„Všetci za jedného!" povedali. „A jeden za všetkých!"

„Ale kde je môj Sobo?" Haruto sa spýtal.

Sobo mu priletela na plece a on hneď vedel, že je to ona. Potom sa premenila do svojej ľudskej podoby.

Tím detí videl, ako sa strýko Sam mení na Sama Človeka a Sobo sa premieňa zo sovy na babičku, ale nikoho z nich to nezaskočilo.

Pretože pod ich nohami zem naďalej DRUMALA.

A BÚCHALA.

Ale slová sa zmenili.

"Fúrie sú už takmer tu.

Fúrie sú už takmer tu.

Fúrie sú takmer tu."

✳✳✳

E-Z a jeho tím sledovali, ako sa obrovská piesočná vlna podobná zaoceánskemu parníku vplávajúcemu do prístavu. Táto vec sa však predierala ulicami, zrovnávala so zemou domy, stromy a všetko živé na svojej ceste. A nespomalilo to.

Nemali dosť času, aby sa rozbehli, okrem toho ich ohromila obrovská veľkosť tej veci. Zastavilo sa to a Fúrie nad nimi zavládli, ich hlasy sa rozliehali smiechom, keď po prvý raz vrhli pohľad na svojich nepriateľov.

„Sú vôbec skutoční?" Tisi sa spýtala. „Vyzerajú ako miniatúrne bábiky, ktoré čakajú, kým ich niekto zašliapne."

„Vidím, že majú draka a jednorožca. A labuť. Aha!" Ali vykríkla.

„Nezabudni, prečo sme tu," povedala Meg. „Teraz sa vy dvaja správajte slušne, zatiaľ čo ja pôjdem dolu a porozprávam sa s vodcom. Ako že sa volal?"

„E-Zed," vykríkla Tisi.

„E-Zed," zvolal Ali.

Spoločne vyslovili meno E-ZED, E-ZED, E-ZED."

„Volajú ťa E-Z," povedala Brandy, keď sa odkopala.

„Nie!" E-Z zakričal. „Počkajte na môj rozkaz!" Bolo však neskoro, Malá Dorrit a Brandy už boli na úteku, ale nešli ďaleko, našli si miesto na streche.

E-Z a zvyšok tímu sa držali na mieste.

„Na čo čakajú?" Sam sa spýtal.

Charles povedal: „Dúfajú, že ich smrad urobí prácu za nich. Usmial sa a všetci sa rozosmiali. Všetci okrem Sobo, ktorá sa premenila späť do stavu sovy a vyletela na strechu vedľa Brandy a Malej Dorrit.

Fúriám, ktoré mali výborný sluch a ktoré mali plán a mienili sa ním riadiť, sa nepáčilo, že sú terčom vtipov superhrdinských detí, a jedna po druhej sa vzniesli do vzduchu. Ako sa približovali, zápach sa zvyšoval, pretože ich čierne rúcha sa triasli vo vetre.

„Chytajte!" Lachie zavolal a každému členovi tímu hodil kolíčky na šaty.

Teraz už nie také smradľavé čarodejnice prileteli bližšie, takže deti pod nimi ich mohli vidieť detailnejšie. Naživo boli väčšie ako život, doslova, vďaka hadom, ktoré sa po tých telách kĺzali a šmýkali. Hady s rozvetvenými jazykmi, ktoré pľuli, sprevádzal zvuk praskajúcich bičov v rámci vynikajúcej ukážky psychologickej vojny.

Bola to Meg, ktorá podľa pôvodného plánu prelomila ľady a vykríkla: „Kde je Eriel? Vieme, že ho máte! Dajte nám ho, HNED!"

Vysoký zvuk jej vrieskajúceho hlasu prinútil deti zakryť si uši, pretože predmety zo skla, ako napríklad pouličné lampy, svetlá na verande, okná a dokonca aj sklo v skriniach, sa rozbili na míle ďaleko.

Keď si bol istý, že Meg už nehovorí (keďže mala zavreté ústa), E-Z odpovedal: „Je tam, kde držia zradcov. Takže teraz môžete zaliezť späť do tej diery, z ktorej ste vy traja vyliezli!" A keď dohovoril, jeho sa zdvihol zo zeme, nasledovaný Alfrédom, Sobom, Malou Dorrit s Brandy Baby s Lachie na palube.

„Toto je naše územie. Toto sú naši ľudia - a vy tu nemáte čo robiť. Vlastne tu na Zemi nemáte vôbec čo robiť. Nikdy ste tu nemali čo robiť. Nepatríte sem," povedal E-Z. „A my už máme dosť vašej manipulácie. Prehral si to. Zneužili ste svoju moc. Si opovrhnutiahodný. A my ťa prinútime, aby si sa za to zodpovedal."

„Čo nám taký malý chlapec ako ty urobí?" Tisi, ktorá sa presunula vedľa Meg, vykríkla: „Prebehnúť nás?"

Vzduch naplnil jej prenikavý smiech, ktorý spôsobil, že zem pod nohami zvyšku tímu sa rozdelila na medzery. Lia, Haruto, Charles a Sam sa kvôli bezpečnosti schúlili medzi medzery.

Meg sa pridala k zábavnému nadávaniu: „Možno nás labuť uškrtí na smrt? Samozrejme, môžeme ho ošklbať - a zjesť na obed!"

Neletiaci členovia tímu sa k sebe pritisli ešte tesnejšie. Haruto, ktorý sa mohol vykrútiť, bol príliš vystrašený, aby sa pohol. Držal sa ďalej od otvorených medzier v zemi, ktoré hrozili, že ich pohltia.

„A ty, dievčatko," povedala Alli Lii. „Snažili sme sa ťa roztopiť na slnku. Vtedy si nám ušla. Ale čo nám urobíš teraz? Budeš sa na nás pozerať, rukami a zmeníš nás na sochy?"

Fúrie opäť skríkli od smiechu, zatiaľ čo zem pod nimi sa stiahla, akoby sa snažila niečo porodiť.

„Už sa nudím," povedala Meg.

Ostatné dve sestry boli nezvyčajne ticho, akoby si neboli isté, aký by mal byť ich ďalší krok.

„Tak čo?" Meg priletela o čosi bližšie k E-Z a s rukami na bokoch povedala: "Zbytočne tu strácame čas! Dnes sme neprišli bojovať s tebou. Nie bez nášho vodcu. Chceme len vedieť, kde je? Nechajte ho ísť. Nechajte ho ísť - hneď. A bitku si necháme na iný deň."

„To by sa ti páčilo, však?" Alfréd zakričal.

Čo Alli uvrhlo do úžasu.

„Poď ku mne, malý švábny švábny. Kotol na teba čaká - ty operená obluda!"

„Je to labuť, nie hus, ty idiot!" Povedala Brandy a nasmerovala malú Dorritku k sebe.

E-Z šťastný za rozptýlenie dostal esemesku od PJ a Ardena a dal Harutovi signál zdvihnutým palcom.

Haruto sa zatočil do neviditeľnosti a bežal rýchlejšie ako rýchlo do nemocnice, kde sa stretol s PJ a Ardenom, ktorí už čakali vo vnútri hry. Teraz každý z nich vykonal zabitie. Keď Haruto dorazil, urobili ďalšie dve zabitia.

Fúrie, chamtivé po ďalších detských dušiach, poslali svoje esencie do hry.

„Máme ťa!" zvolali tri bohyne.

„Hneď!" PJ zakričal, keď Arden stlačil SAVE na USB, a keď bolo uložené, stlačil EJECT. USB uzavrel lepiacou páskou a potom ho vložil do vzduchotesného vrecka.

„Odneste to do E-Z!" Arden povedal.

Haruto prišiel na zem, naznačil babičke, ktorá chytila USB do zobáka a odniesla ho k E-Z.

PJ napísal esemesku. „Esencie Fúrie sú v USB."

E-Z bezpečne vložil USB do vrecka džínsov a pri ďalšom pohľade na Fúrie sa pohľad v Rafaelových okuliaroch zmenil. Telá troch sestier sa strácali a mizli, ale hady nie. Vtedy si uvedomil, čo je ich Achillovou pätou. „Hady ich držia pri živote!" zakričal. „Musíme odstrániť hady."

Brandy už bola dosť blízko na to, aby Alliho zasiahla. Nanešťastie bola aj dosť blízko na to, aby ju Alliin had uštipol - čo sa aj stalo. Zosypala sa a Malá Dorritka vyštartovala, ale bolo neskoro, Brandy už bola mŕtva.

„Odveďte ju odtiaľto!" E-Z zakričal a Malá Dorrit vzlietla k oblohe, pričom vzlykala.

„Bude v poriadku," povedal E-Z.

„To si nemyslím," zasmiala sa Alli. „Naše hady nie sú z tohto sveta. Ak ťa jeden z nich uhryzne, bez ohľadu na to, aké máš schopnosti, nebudú fungovať. Ale my zostaneme nablízku a počkáme, ak chceš? Potom, keď sa nevráti - rozmetáme zvyšok vášho tímu na kúsky!"

„Vy mrchy!" E-Z zakričal.

Sobo sa vrhol do akcie, zaútočil, vytrhol hadie oči jedno po druhom a zhodil ich na zem. Keď skončila s Alli, pustila sa do Meg, potom do Tisi. Keď svoju úlohu dokončila, babička bola príliš vyčerpaná na to, aby urobila čokoľvek iné, len pristála vedľa svojho vnuka a vrátila sa do svojej ľudskej podoby.

„Ale Sobo," povedal Haruto, "aj ja chcem bojovať."

„Nechaj ich, nech sa postarajú o zvyšok," povedala. „Som príliš unavená, aby som ťa niesla."

Sobo a Haruto sledovali, ako zvyšok tímu doráža hady.

Fúrie otvárali ústa a opäť ich zatvárali, ale nevychádzal z nich žiadny zvuk. Okrem toho, že boli bez hlasu a slabli, ich telá sa snažili udržať na hladine, zatiaľ čo krv v ich žilách kvapkala a kvapkala.

Vozík E-Z sa pod nimi pohyboval, zachytával kvapky a miešal krv Fúrií s ostatnými vzorkami, ktoré zozbieral.

„Sú mŕtvi," potvrdil E-Z, keď sa prázdne rúcha The Furies vznášali k zemi ako čierni duchovia.

Ale ešte nebolo po všetkom.

$$* * *$$

Za E-Z zdvihla hlavu piesočná vlna a keď videla okolo seba prepichnuté oči - oči všetkých svojich detí -, táto matka všetkých hadov pomaly ožila.

Sam, ktorý si pohyb všimol ako prvý, zakričal: „Pozor, E-Z!" A keď jeho volanie nepočul, pridali sa Lia, Charles, Haruto a Sobo.

Lachie počula ich výkriky a uvidela hada, ako sa počuť, ako sa šmýka smerom k E-Z. Pozrel sa hadovi do očí a povedal: „NIE!"

Na sekundu alebo dve sa hadia matka prestala hýbať a vyzeralo to, že počula a pochopila Lachieho príkaz, potom si všimol mihnutie v jej oku. „Uhni E-Z!" zvolal, keď Baby otvoril ústa a vystrelil oheň smerom k E-Z a hadej matke.

E-Z-ovi horeli vlasy a on ich pohladil, potom jeho stolička spadla na zem.

Baby pokračoval v chrlení ohňa na obrovskú hadiu matku, kým ju nespálil na trosky. Namiesto zápachu, ktorý vytvárali Fúrie, sa teraz vzduch naplnil mäsitým pachom kurčaťa, aký sa dá nájsť na každom záhradnom grile.

„Ehm, vďaka, Baby a všetci," povedal E-Z, keď si prehrabával prsty v strede vlasov. Odstránila sa z nich časť pripomínajúca štetiny.

„Doroste to," povedal Sam, keď sa zem pod ich nohami opäť začala

THRUM

A DRUM

E-Zov vozík sa sám od seba zdvihol zo zeme a do kráterov, ktoré sa otvorili v zemi, začali pršať kvapky krvi.

„Čo sa to deje?" Alfred sa spýtal.

Pod ním naďalej krvácal invalidný vozík, ako ho tryskal z miesta na miesto. „Malá kvapka sem a malá kvapka tam," recitoval si v duchu. Na zemi jeho tím hovoril tie isté slová, ktoré mu zneli v hlave: „Malá kvapka sem a malá kvapka tam," potom spoločne dokončili báseň: „malá kvapka, všade," a potom začali odznova. Pokrútil hlavou... čítali mu všetci myšlienky?

Pod ich nohami zem pokračovala.

DRUMMING

DRUMLANIE.

VYPÍNANIE.

KONTRAKTOVANIE.

Lia sa zdvihla zo zeme, roztvorila ruky čo najširšie, s hlavou zvesenou dozadu a očami upretými na oblohu. A nad ňou sa roztrhlo nebo. Začalo pršať, ale keď dopadli na chodník, škvrny boli červené. Obloha plakala krvavými slzami, keď sa Lia hojdala a krútila vo vzduchu ako marioneta bez strún.

Ostatní bez Baby a Lachieho vybehli na verandu, aby unikli krvavému dažďu, neschopní urobiť čokoľvek s Lijou, ktorá bola stále zavesená a v tranze.

„My sa postaráme, aby nespadla," povedal E-Z, "vy ostatní sa kryte."

PULSING.

TLAČENIE.

Potom sa zablesklo.

Nasledoval hrom.

Ako archanjel Michael prerazil bariéru a letel dole, až bol blízko E-Z.

„Rozumiem, že máš situáciu pod kontrolou," povedal Michael.

„Áno, esencie Fúrie sú v tomto USB."

„Hoď mi ho," povedal Michael.

Akoby hádzal baseballovú loptičku na druhú métu, E-Z vystrelil USB smerom k Michaelovi, ktorý sa natiahol, chytil ho a obalil ho ľadom. „Ja Eriel budem mať spoločnosť," povedal Michael. „Všetci zostanú v ľade až do konca večnosti. A mimochodom, výborne sa všetkým darí!" Potom rovnako rýchlo, ako prišiel, odletel.

„A čo Lia?" E-Z zakričal, ale Michael neodpovedal.

Zem začala pulzovať a krútiť sa, hoci Fúrie na nej už neboli, a z oblohy ani z jeho vozíka už netiekla krv.

Lia sa stále vznášala s očami upretými na oblohu, ako sa sama odkrvila z krvavých sĺz do modra, a pod ich nohami sa zemské krátery zacelili trávou, stromy kvetmi.

Potom všetko utíchlo, keď sa Lia, stále v tranze, vznášala späť na zem. Vzpriamená na zemi, s rukami stále doširoka roztvorenými, cítila na chrbte trávu a vyčerpane sa usmievala, keď sa zmenšila a vrátila sa do svojho skutočného veku, ktorý bol deväť a pol roka.

„Si v poriadku?" Spýtal sa E - Z, keď sa okolo neho zhromaždili líška, modrá sojka, mýval, kardinál a jeleň.

Lia otvorila oči a videla z nich. Pozrela sa na svoje ruky a tie boli ako kedysi.

„Som v poriadku," povedala, keď jej Lachie pomohol vstať.

Sam si hneď všimol, že dcérine šaty jej už nesedia. Vyzliekol si svoj superhrdinský plášť a ovinul jej ho okolo pliec.

„Vďaka, ocko," povedala Lia.

Bolo to prvýkrát, čo ho tak nazvala, a on sa nikdy necítil taký hrdý, keď mu po líci stekala slza.

***

Modrá obloha sa zdala byť jasnejšia, akoby hviezdy žmurkli, hoci bol deň, a tráva na zemi akoby tancovala v slnečných lúčoch, akoby v nej bola diamantová rosa.

Ani E-Z, ani nikto z jeho tímu nedokázal prehovoriť. Nikto nechcel prerušiť ticho ani narušiť krásu, ktorej boli svedkami.

ŠEPOT.

ŠEPOT ŠEPOT.

ŠEPOT ŠEPOTU ŠEPOTU.

Listy, vejúce vo vetre. Vydávali zvuk podobný ľudskému. Ale nebol to vietor, bol to hlas detí na celom svete, ktoré sa znovuzrodili.

Tých, ktorých sa zmocnili Fúrie, vytlačili ich telá zo zeme a zistili, že sa im vrátil hlas.

Deti sa znovu naučili chodiť, behať alebo sa plaziť a ich výkriky sa ozývali po celom svete:

„Chcem svoju mamu!" kričali znovuzrodené, ale s dušou menej ako deti.

„Chcem svojho otca!" kričali tieto vzkriesené deti jedným hlasom:

„WAH, WAH, WAH!"

„WAH, WAH, WAH!"

„WAH, WAH, WAH!"

Bezduché detičky sa presúvali na okraje, cestovali na miesta, ich pohyby boli rýchlejšie ako rýchlosť svetla, pretože naďalej kvílili:

„Chcem svoju mamu!"

„Chcem svojho otca!"

„WAH, WAH, WAH!"

„WAH, WAH, WAH!"

„WAH, WAH, WAH!"

V Údolí smrti, kde sa uchovávali a skladovali lapače duší,

POP

POP

Dvere sa rozleteli ako ruky a duše vyšli von, hľadali telá, v ktorých ešte mali byť, a nasledovali výkriky detí.

„Chcem svoju mamičku!"

„Chcem svojho otca!"

„KÁ, KÁ, KÁ!"

„KÁ, KÁ, KÁ!“

„KÁ, KÁ, KÁ!“

Duše lietali z dieťaťa na dieťa. Hľadali domov, do ktorého patrili. Bolo to ako sledovať deti, ktoré sa hrajú na bábiky, ako každá duša prichádza a vstupuje do tela, v ktorom sa narodila. Ako sa duše a telá opäť spojili.

SHHHHHHHH.

Na chvíľu sa z tých malých detí opäť stali šťastné deti a vzduchom sa rozliehali zvuky radosti.

Späť v Údolí smrti Hadz a Reiki presmerovali duše bez domova po celom svete, ktoré sa skrývali, pretože nemali vlastných Lovcov duší. Duše jedna po druhej vstupovali a Zem sa začala uzdravovať.

Samantha vyšla z domu a v náručí niesla svoje deti Jacka a Jill, pričom im ticho spievala: „Ticho, bábätko, neplač.“

POP.

POP.

„Dokázali sme to!“ objavili sa Hadz a Reiki.

E-Z a jeho tím sa vrhli okolo seba. Plakali, smiali sa. Potom opäť plakali, pretože stratili jedného zo svojho tímu. Pre stratu jedného z nich: Brandy.

Lii zazvonil telefón. Bola to správa od Brandy: „Prišla som do nákupného centra - opäť! Dúfam, že sú všetci v poriadku a že sme tie čarodejnice porazili!"

„Brandy je naživе!" Lia vysvetlila a potom odvetila: „Určite sme to dokázali! Podrobnosti ti poviem neskôr."

„AHRHHRGHHHH!" Charles Dickens sa rozplakal. Jeho telo sa triaslo a chvelo. Keď to prestalo, bol v tranze s bezvýrazným výrazom v tvári a vystretými dlaňami smerujúcimi nahor.

„Dostáva moje oči na ruky?" Lia sa spýtala.

Ako kniha - najväčší zväzok v tvrdých doskách, aký kedy videli - spadla z neba a pristála Charlesovi v náručí, pričom samotná sila ho takmer zrazila z nôh. Charles sa ustálil, keď sa masívna kniha sama otvorila, prevracala vlastné stránky, až sa z jej vnútra ozval hlas:

„Ja som Cestopis alternatívnych svetov."

Hoci hlas vychádzal zvnútra knihy, Charlesove Dickensove pery sa synchrónne pohybovali s každým slovom, zatiaľ čo v pozadí sa stále ozýval detský krik:

„WAH, WAH, WAH!"

„WAH, WAH, WAH!"

„WAH, WAH, WAH!"

„Chcem svoju mamu!"

„Chcem svojho otca!"

„WAH, WAH, WAH!"

„WAH, WAH, WAH!"

„WAH, WAH, WAH!"

„Som hladný!"

„Mám smäd!"

Deti, ktoré kedysi bývali najbližšie k E-Z-ovmu domu, pochodovali bok po boku smerom k nemu.

„Počujte ma!" Cestovný denník alternatívnych svetov sa rozospieval.

"Toto je jednorazová ponuka.

Ak si ťa vyberú, musíš si vybrať.

Len raz, vyhrať alebo prehrať.

Nenechaj si túto príležitosť ujsť.

Lebo sa už nebude opakovať, v žiadny iný deň."

Stránky sa prelistovali dopredu a potom späť. Dopredu a potom späť. Listovanie sa zastavilo na jednej kapitole. Kapitola s názvom Alfred. Boli tam jeho fotografie s rodinou. Všetky staršie. Všetci zdraví a v poriadku. Na fotografiách už nebol Alfréd, labuť trubač. Bol to Alfred, otec, manžel, muž.

So slzami v očiach sa Alfred pozrel na E-Z. Pohľad, ktorý medzi sebou zdieľali, hovoril za všetko. Musel ísť. E-Z prikývvol.

Potom sa Alfred obrátil na Liu. Aj ona prikývla, lebo vedela, že musí ísť.

Alfréd Trubač labutí vstúpil do kapitoly nesúcej jeho meno a premenil sa späť na človeka. A zo stránok Cestovníka alternatívnych svetov zamával svojim priateľom.

Teraz sa stránky Cestopisu alternatívnych svetov vrátili na začiatok knihy. Stránky sa premiešavali, znova a znova, dopredu a späť, späť a dopredu, nakoniec sa zastavili na novej kapitole. Kapitola pomenovaná pre Lachieho.

Na fotografii bol Lachie ešte dieťa. Jeho rodičia si ho brali z nemocnice domov. Nemluvňa na fotografii malo nemocničný náramok, ktorý prezrádzal, že Lachieho skutočné meno je Andrew.

„Nie, ďakujem," povedal Lachie. „Dieťa a ja pôjdeme čoskoro domov."

Cestovný denník Alternatívne svety sa zabuchol s takou silou, že Charles takmer spadol. Vzchopil sa a o chvíľu neskôr kniha opäť začala listovať. Späť, dopredu. Prehadzoval stránky ako balíček kariet, kým sa nedostal ku kapitole s názvom Haruto. Na fotografii bol so svojou matkou a otcom.

„Nie, ďakujem," povedal Haruto okamžite. Vzal Sobovu ruku do svojej a povedal Lachiemu: „Nevadilo by ti, keby si nás cestou domov vysadil v Japonsku?"

Lachie prikývol: „Som rád za spoločnosť."

Z knihy tentoraz vyšľahli plamene skôr, ako sa zavrela, a Charles ju takmer upustil.

Detský krik bez odpovede pokračoval a bol čoraz hlasnejší, ako sa blížili k E-Zovmu domu:

„Chcem svoju mamu!"

„Chcem svojho otca!"

„Som hladný!"

„Som smädný!"

„WAH, WAH, WAH!"

„WAH, WAH, WAH!"

„WAH, WAH, WAH!"

Charles zavrel oči.

„To je všetko? spýtal sa E-Z.

„A čo my?" Lia sa spýtala.

Charlesove ruky sa začali triasť. Akoby ho na ruky tlačila váha knihy. Potom sa kniha zabuchla s takou intenzitou, že sa zapotácal a sadol si. Prekrížil si jednu nohu cez druhú a knihu si pritisol k hrudi.

Znovu sa rozletela, rovnako ako Charlesove oči, a stránky sa opäť pohli ako morské trávy na dne oceánu.

Znovu sa zaklapla. Potom sa prevrátila na chrbát. V strede knihy sa objavil rám. Najprv bol prázdny, akoby na niečo čakal. Potom sa rozblikal a začal sa film.

Na Dodger Stadium sa už začal bejzbalový zápas. Dodgers hrali proti Brewers. A E-Z Dickens bol chytač. Stál za doskou a hral ako profesionál. Na tribúne boli jeho rodičia, hneď nad kopačkami, a povzbudzovali ho.

ZEMSKÁ PAUZA.

Na niekoľko sekúnd zatienili slnečné svetlo, keď sa Ophaniel vyrútila na oblohu a zamierila k nim.

„E-Z, len som ti chcela povedať, skôr než sa rozhodneš, že čokoľvek sa rozhodneš urobiť, alebo neurobiť, bude mať následky pre ostatných."

„Ako napríklad?" spýtal sa, nespúšťajúc zrak zo zarámovanej verzie seba a svojich rodičov, hoci sa v nej už nepohybovali.

„Premýšľaj o tej nehode... Čo by sa nestalo, na svete, keby tvoji rodičia nikdy nezomreli? Keby si nikdy nestratil schopnosť používať nohy?"

Pozrel smerom k strýkovi Samovi, potom na Samanthu, Liu a dvojčatá. Bez nehody by sa nikto z nich nestretol. Dvojčatá by sa nikdy nenarodili.

„Ak sa rozhodnem odísť a splniť si svoj sen, čo sa tu stane?"

„To je riziko, ktoré by si musel podstúpiť, a odpoveď ti nemôžem dať. Ale viem jedno, ty si katalyzátorom a lepidlom."

„Dobre, ďakujem, že si mi to oznámil."

ZEMIANSKE RESUMÉ

Ophaniel odišiel.

„Ehm, nie, ďakujem," povedal E-Z.

Sledoval, ako sa spolu s rodičmi vytráca. Obrazovka zostala prázdna. Rám zmizol a kniha sa začala dvíhať. Nahor, nahor, von z Charlesovho náručia.

Charles stál, akoby ju stále držal. Hľadel pred seba do prázdna.

Keď bola ďaleko nad nimi, kniha vzbĺkla. Zasyčala a vytvorila zápach, kým sa jej zvyšky zmenšili natoľko, že ju vietor zdvihol. A Cestopis alternatívnych svetov už nebol viac.

Charles sa vrátil k sebe, keď deti hromadne prišli na ulicu E-Z.

„Chcem svoju mamu!"

„Ja chcem svojho otca!"

„Som hladný!"

„Som smädný!"

„WAH, WAH, WAH!"

„WAH, WAH, WAH!"

„WAH, WAH, WAH!"

„Môžem im povedať príbeh?" Charles sa spýtal.

„Nemôže to uškodiť," povedala Lia.

Charles začal rozprávať príbeh o Troch balvanoch. Deti sa prestali hýbať, zastavili svoj krik, pretože viseli na každom jeho slove - až kým sa náhle nezastavil.

„Ach, trápenie!" zvolal a všimol si, že každý kúsok z neho sa stráca a mizne, akoby zem mala problém preniesť jeho signál.

„Počkaj!" E-Z povedal. „Máš nejakú radu pre kolegu spisovateľa?"

„Sú knihy, v ktorých sú chrbty a obálky tými najlepšími časťami - nedovoľ, aby tvoja patrila medzi ne. Budete mi všetci chýbať!"

Niektorí hovoria, že presne v tej chvíli sa spustil lúč svetla, zdvihol ho zo zeme a vyniesol Charlesa Dickensa do neba. Niektorí hovoria, že odišiel na Malej Dorritke a ani jedného z nich už nikdy nikto nevidel. Jediné, čo vedeli s istotou, bolo, že Charles Dickens ich v ten deň opustil a už ho nikdy nevideli.

„WAH, WAH, WAH!"

„WAH, WAH, WAH!"

„WAH, WAH, WAH!"

FIZZLE POP

Prišiel Lovec duší. Otvoril svoje dvere a vystrelil do vzduchu petardy.

Niektoré deti sa toho hluku zľakli a niektorým sa páčil, vo všetkých prípadoch prestali plakať.

Keď vystreľovalo farby do vzduchu, spoločne sa rozplývali a hovorili:

POĎ VON, POĎ VON.

NECH STE KDEKOĽVEK!

„Čo to chce?" E-Z sa spýtal. „Alebo by som mal povedať, KTO to chce?"

„Som to ja?" Sobo sa spýtal.

„Nie, je to pre mňa," povedal hlas za nimi. Bol to hlas Rosalie.

Všetci sa k niečomu otočili v očakávaní, že uvidia ducha alebo prízrak, ale to, čo videli, nebolo ani jedno z toho. Bola to Rosaliina podstata... to bolo všetko, čo vedeli.

„Zbohom, drahá Rosalie!" Sobo zavolal.

Bolo to celkom vydarené rozlúčenie pre esenciu drahej Rosalie, E-Z a jeho tím na ňu kričali, mávali, hádzali bozky a povzbudzovali ju. Bola to skutočná oslava všetkého, čo pre nich znamenala, keď ich drahí priatelia nastúpili do jej Lapača duší a ten odletel.

Teraz, keď Charles odišiel, deti obnovili svoj plač,

„KÁ, KÁ, KÁ!"

„WAH, WAH, WAH!"

„WAH, WAH, WAH!"

V pozadí sa ozval nový zvuk. Zvuk nôh, mnohých nôh, ktoré bežali - rýchlo.

Ako prúdili do ulice E-Z, mamičky a oteckovia a deti sa opäť stretli so svojimi milovanými a toto stretnutie nastalo na celej zemi.

„Bravo!" E-Z povedal svojmu tímu.

Zamávali na rozlúčku, keď Lachie, Baby, Haruto a Sobo odleteli.

Teraz zostali len E-Z a Lia.

ZAP!

Prvá priletela Poppet.

BONJOUR!

Nasledoval Francois.

„Ach, prišli sme neskoro," povedal. „Všetko sme zmeškali!"

Zvnútra domu sa ozývali Samantine výkriky. „Ach nie, niečo sa deje s deťmi!"

Všetci sa rozbehli dovnútra do detskej izby. Jack a Jill tvrdo spali.

Sam objal svoju ženu okolo ramien. „Zdá sa mi, že sú v poriadku," zašepkal.

„Ale nie sú v poriadku!" Samantha povedala.

„Bude to v poriadku," povedal Sam.

„Aj mne sa zdajú v poriadku," povedal E-Z.

„Len počkaj," povedala Samantha. „Len počkaj a uvidíš. Nevykríkla by som, keby..." Zažmurkala a potácala sa, akoby mohla spadnúť.

Všetci sa pozerali a čakali. Desať, pätnásť, dvadsať, ba ani tridsať minút sa nič nedialo.

Potom sa zrazu niečo stalo.

Z drobných tiel Jacka a Jill vychádzalo žlté a zelené svetlo.

„Hadz? Reiki?" E-Z zvolal.

POP.

POP.

Jack a Jill sa posadili, ako by to vedeli urobiť staršie deti. Čo Jack a Jill ešte nevedeli.

Samantha omdlela, zatiaľ čo ju Sam zachytila.

„Čo to, dočerta, vy dvaja robíte?" E-Z sa dožadoval. „Vypadnite odtiaľ - hneď!"

„Za odmenu sme požiadali, aby sme sa stali ľuďmi," povedal Hadz.

„A my sme potrebovali telá." Reiki povedal: "A my sme potrebovali telá."

„Ach, brat," povedal E-Z, keď sa ozvalo zaklopanie na vchodové dvere.

„Je niekto doma?" PJ a Arden sa spýtali.

EPILOG

E-Z napísal slová: KONIEC. Spokojný so svojím úspechom, že dokončil sériu štyroch kníh, zavrel notebook.

„Pospěš si, E-Z!" zakričal muž za ním.

E-Z si stiahol chytaciu masku a obzrel sa okolo seba. Nachádzal sa za striedačkou a chytal za Los Angeles Dodgers. Rozhodca práve odmetával z dosky. Vstal a zamieril do zákopu, keďže bol posledným hráčom mimo ihriska.

Spoznal niekoľko hráčov, keď sa pohyboval pozdĺž kopačiek a nasledoval ich tesne za sebou.

Prstami si prehrabával vlasy, ktoré mal celé blond. Boli kratšie a ostrihané tesnejšie, ako mal kedykoľvek predtým. A bol vyšší, určite mal viac ako meter osemdesiat.

Čo sa to, dočerta, deje? Zaspal? Uštipol sa. Bolelo to.

„Si na palube, E-Z!" zakričal na neho tréner odpaľovačov.

Našiel monitor a skontroloval svoj odraz. Pozeral sa na seba, akoby bol cudzí.

„Zem na E-Z," povedal mu tréner.

„Prepáčte, tréner," povedal E-Z a zamieril k hangáru s kopačkami. Jeho pálka bola označená, rovnako ako všetok zvyšok jeho výstroja. Nasadil si ju a vykročil do kruhu na palubovke.

Upravil si lakťové chrániče a pripravil sa na prvý nadhod. Spolu so svojím spoluhráčom na odpalisku urobil niekoľko cvičných švihov. Počas čakania ho zaujal pohyb na tribúne za rozkopávkou. Jeho matka a otec.

„Choď, chyť ich, synku!" zakričal jeho otec.

Ukázal rodičom palec hore a potom sledoval, ako jeho spoluhráč odpaluje a bezpečne sa dostáva na prvú métu.

E-Z vstúpil do odpaľovacieho boxu, zavolal si čas, opäť vystúpil a zhlboka sa nadýchol.

Dajte sa dokopy, povedal si. Nechcem sklamať tím. Sústreď sa. Sústreď sa.

Zdvihol ruku, aby dal rozhodcovi najavo, že je pripravený, a vrátil sa na pálku.

„Poď, E-Z!" zavolala naňho mama.

Sústredil sa a sledoval, ako prešiel prvý nadhod. Pravdepodobne viac ako sto kilometrov za hodinu. Pripravil sa na druhý nadhod. Švihol a minul. Jeho spoluhráč ukradol métu a bezpečne pristál na druhej.

To je príliš veľa. Nie som pripravený. Musím sa zobudiť. Musím sa zobudiť - TERAZ.

Druhý nadhod preletel okolo. Rozhýbal sa, ale nespojil sa. Prišiel tretí nadhod a on sa s ním spojil. Sledoval, ako sa jeho spoluhráč pokúša dostať na tretí, ale bol vyhodený. Takmer sa dostal na prvú načas, ale druhý tím si vyslúžil dvojnásobnú hru. S dvoma outmi sa vrátil do kopačiek, aby si obliekol chytaciu výstroj.

„Nabudúce ich dostaneš!" povedal mu otec.

Aj keď sa mu nepodarilo dostať na métu, bol vo svojom sne. Žil svoj sen. Ale ako? Ponuku z Cestovnej knihy alternatívnych svetov odmietol.

Dostaňte ma odtiaľto! Takto to nechcem! Kde je strýko Sam? Kde je Lia? Kde sú dvojčatá?

V hlave sa mu rozliehal smiech, keď padol na zem a padal ďalej. Až kým s buchnutím nedopadol na drevenú podlahu, do chatrče alebo do chaty. V priebehu niekoľkých sekúnd po jeho pristátí v nej vypukli plamene.

Na druhej strane miestnosti sedelo malé dievčatko. Najprv si myslel, že je to Lia, ale toto dievča malo ryšavé vlasy. Pokúsil sa ju zobudiť, ale ani sa nepohla.

Za ním sa z pántov vymrštili vchodové dvere. Vstúpila tmavá, zahalená postava, v ktorej sa nachádzala nižšia postava s kapucňou. Medzi nimi dvoma vyniesli dievča von.

„Pomôžte mi!" zvolal.

„Pomôž si!" ozval sa ženský hlas, vyššia z oboch postáv, keď sa okolo neho začali rúcať steny.

Bol späť na štadióne, ležal na chrbte na zemi a pozeral do očí svojim rodičom.

„Budeš v poriadku," zavrčali.

ĎAKUJEME!

Vážení čitatelia,

Dostali sme sa na koniec série E-Z Dickens. Pevne dúfam, že sa vám čítanie páčilo rovnako ako mne jeho písanie.

Keďže ste boli so mnou počas celej tejto série, moje záverečné ĎAKUJEM patrí vám, mojim čitateľom. Ste úžasní!

Ako vždy, šťastné čítanie!

Cathy

O AUTOROVI

Cathy McGough žije a píše v kanadskom Ontáriu so svojím manželom, synom, mačkou a psom.

TAKTIEŽ PODĽA:

NON-FICTION

103 Fundraising Ideas For Parent Volunteers With Schools and Teams (3RD PLACE BEST REFERENCE 2016 METAMORPH PUBLISHING)

FIKCIA

Interviews With Legendary Writers From Beyond (2ND PLACE BEST LITERARY 2016 METAMORPH PUBLISHING)

13 Short Stories